U1020669

绿色中国梦

中国第七大沙漠真实传奇，
风雨坎坷数十载绿梦成真。

绿色中国梦

库布其沙梦

亦农 著

五洲传播出版社

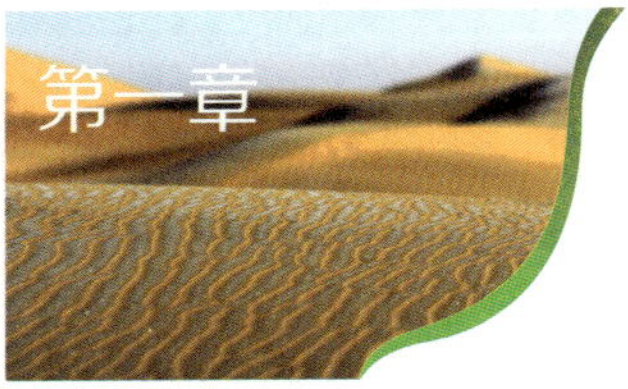
第一章

第二章

第三章

第四章

第五章

第六章

第七章

第八章
亿利东方学校

目录

从库布其到长安街

2014 年初夏，长安街。宽阔的马路两旁既有老建筑又有新建筑，在高档商贸大楼里入驻着央企、跨国公司和大型上市公司总部，出入其中的不乏精明强干的白领、金领，还有经常现身世界重要会议、为民众所熟悉的企业家董事长。他们掌控着各自庞大的企业帝国，甚至影响着一个行业或世界经济的发展。

与民族文化宫隔着长安街相望的凯晨世贸中心，位于西长安街复兴门内，地理位置得天独厚。亿利资源集团总部设在凯晨世贸中心东座 6 层。此时，在一间办公室里，一位身材高大健硕的中年汉子正临窗而立，若有所思——他就是亿利资源的董事长王文彪。

北京 6 月的天空，虽然偶有阴霾来袭，大多时候还是湛蓝澄碧，晴空万里。今天，步行从库布其到北京需要半个月，乘高铁需要三四个小时，如果坐飞机只需要 1 个小时。而王文彪和他的团队从库布其到长安街，用了 26 年。

20 多年前，北京长安街两旁还是低矮的老屋，四合院随处可见。1998 年春夏之交，我和老张在建设部一家杂志做同事。突然一阵风来，伴着泥沙的雨滴砸在车顶上，就是一片密密麻麻的污点。老张说：“这已经算好的了。”据当时他回忆，再往前数 10 年，北京常常黄沙漫天。骑自行车上班，不但要戴口罩，还要戴眼镜，沙粒打在眼镜上，噼叭作响。那时长安街上的汽车还没有熙熙攘攘，但全都覆盖着厚厚一层黄灰黄沙，像会移动的瓢虫。

“这沙尘都从哪来呢？”

“蒙古大沙漠。”老张很肯定。

“哪个沙漠？”虽然我地理不好，也知道北京西北不止一处大漠，比如腾格里、毛乌素、库布其等。

“这就不知道了，或许是其中一个，或许都有份儿。那沙粒上也没写产地名字！”

老张是北京土著，自小在胡同里长大。当我和心怀不满的老张坐在建设部聊沙尘时，王文彪正带着他的团队在 800 公里外的库布其沙漠战天斗地。

前几日，和阿伦在三里屯喝下午茶，聊起库布其，他并不陌生。阿伦参加沙漠公益行活动已经七八年，说起人类与沙漠的话题，他并不输专家学者。

阿伦说：当今世界，土地荒漠化已成为直接威胁人类生存与发展的最为严重的生态环境问题。全球 65% 的土地面积存在不同程度沙化，每年还在以 5-7 万平方公里的速度蔓延，造成荒漠化地区的十几亿人口处于贫困和饥饿之中。中国是世界上受荒漠化危害比较严重的国家之一。

我打断他，问：“有没有听说过亿利资源和王文彪？”

“他们创造了库布其模式，受到过联合国的表彰。”阿伦不加思索地答，“亿利作为全球最大的沙漠生态企业之一，在 20 多年的时间里绿化沙漠 6000 多平方公里，控制沙化面积 11000 多平方公里，为中国北方构筑起一条全长 240 多公里的绿色屏障，这是中国乃至世界治沙史的奇迹。今天，我们头顶能有这方蓝天，说到底还得感谢他们。”

“我可能去库布其，写写王文彪和他的库布其模式。”

阿伦点头：“值！”

库布其，不仅有沙漠原生态七星湖、响沙、驼队、传说中神秘的朔方古城，还有一群人，他们健康、阳光、积极、向上，数十年如一日坚守理想。

如果你正年轻，充满幻想和希望，那么跟我去库布其吧！

如果你正中年，为生活奔波，身心疲惫，那么跟我去库布其吧！

如果你已暮年，仍想重新迈步，那么跟我去库布其吧！

因为，那是一个梦想开始的地方！

第一章

梦开始的地方

库布其治沙的故事始于一家濒临倒闭的盐厂，一位当时年仅29岁的年轻人。平淡的生活中悄然奏响后来震动世界的乐章，而它的开始却是那样无奈无助，充满酸涩和艰辛。

五星上将、美国总统艾森豪威尔年轻时，有一回和家人玩牌，连续几次都拿到很糟糕的牌，情绪很差，态度也恶劣起来。母亲见状，说了一段令他刻骨铭心的话："你必须用你手中的牌玩下去，这就好比人生，发牌的是上帝，不管是怎样的牌，你都必须拿着，你要做的就是尽你全力，求得最好的结果。"

死亡之海——库布其

我对沙漠的最初认识，来自三毛。26年前，大学时代捧读女作家三毛的《撒哈拉的故事》。贫瘠广漠的大沙漠在三毛眼中充满了无穷的诱惑。她勇敢地抛弃繁华都市生活来到这里，迎接她的是黄沙滚滚、风声呜咽、水源奇缺、物质匮乏。还有那置于大坟场的破旧沙土房：狭窄简陋，没有家具，没有床，顶上一个大窟窿。三毛不觉得困苦，她和何西甚至将生命中最神圣、最憧憬的婚礼也搬到了沙漠。他们设计房子，买石灰水泥糊墙、补窗户，用装棺材的外箱改做家具，到垃圾场拾汽车外胎自做鸟巢式坐垫，用铁皮和玻璃自制风灯，用沙漠麻布缝制彩色条纹窗帘。

三毛尽一切可能探寻浩瀚沙漠的真实面目，她用相机拍下极荒僻地区游牧民族的生活，描述撒哈拉人的肮脏、奇异生活习俗。沙漠里的女人三四年才洗一次澡，洗澡的方式闻所未闻，用石片刮掉身上的污垢，还用海水灌肠，让人真实地感受到沙漠环境的恶劣与生活方式的落后。

《撒哈拉的故事》犹如一幅充满异国风情的画卷。很多人怀疑三毛描写的沙漠是不是真的？答案恐怕只有她自己知道。1991年1月4日凌晨，三毛在荣民总医院神秘地离开人世。自杀抑或他杀？至今没有答案。而关于她眼中的沙漠是真是假，亦成了永远难解的谜。

库布其沙漠在我的眼里也充满了神秘。那恢弘壮丽的日出，静谧的沙海升明月，传说中漂移的朔方郡，诡谲的太阳神湖，有求必应的神树和总是在呵呵笑的喇嘛……让人毛骨悚然的是它的别称——死亡之海。

库布其沙漠位于内蒙古鄂尔多斯高原北部。在北京正西，是离首都最近的沙漠。有媒体说：库布其沙漠曾是京津冀地区沙尘暴的三大风沙源之一，这里的沙尘在6级风力作用下，一夜就可以刮到紫禁城，是“悬在首都上空的一盆沙”。北京人老张说得或许没错，当年北京上空飞旋的一粒沙，有可能来自并不太遥远的库布其。

宁静的库布其沙漠

库布其沙漠东西长262公里，南北宽60多公里，总面积约1.86万平方公里。

我遇到一位民间学者，老人可谓库布其的一部活辞典，他告诉我：

2000多年前，库布其沙漠曾是森林茂密、水草丰美、绿茵冉冉、牛羊成群的人类幸福家园。当时的库布其可以说是天野相接，生机勃勃，壮美无比。

200多年前，中国封建社会最后一个王朝清王朝在库布其平息叛乱，连年战争，加之无节制、无约束的放垦开荒，加重了土地的荒漠化，大片良田变成荒漠，繁华胜景终究湮灭在漫漫黄沙之中。

20多年前，库布其的生存条件极其恶劣，可谓是一片不毛之地。当地流传着“沙里人苦、沙里人累，满天风沙无植被；库布其穷、库布其苦，库布其孩子无书读；沙漠里进、沙漠里出，没水、没电、没出路”的民谣。一年一场风，从春刮到冬。当时的库布其降雨量稀少，沙尘暴泛滥。生活在这里的十几万老百姓常年饱受风沙之苦，沦为蓬头垢面的生态难民。

关于库布其沙漠的形成，我还看到另一种说法：

中国的气候区划分为三大区，东南季风区、青藏高原区、西北干旱区。中国的沙漠主要分布在西北干旱区，因为干旱缺水才有了沙漠。历史上，中国的西北地区是温暖湿润的稀树草原区。后来因为青藏高原的3次抬升，把只有21000公里的印度洋到西北地区的暖湿气流阻断，太平洋到西北距离3400公里，中间有秦岭、太行山、贺兰山等高大山系的横竖阻隔，太平洋的暖湿气流很难到达西北，所以西北地区成了干旱区。

有人曾经提出，把青藏高原炸开一条10公里的长廊，让印度洋暖湿气流通畅地再输送到西北地区，改变这里的沙漠。这个颇具浪漫主义色彩的建议，因为不科学，成了天方夜谭，无法实现。

很难想象，世代在沙漠游牧的库布其人，怀揣着怎样的生活梦想？

他们的祖先曾经目睹这里美丽的草原。千百年来神不知鬼不觉，沙漠一点点吞噬人类生存的聚集地。哪怕每年只是侵袭一小步，漫长的时间过去，曾经的草原变成一望无际的沙漠。

他们是否梦想过回到2000年前，水草丰美，牛羊成群？一代又一代人过去了，他们依然在库布其过着凄苦的生活。靠山吃山，靠水吃水。靠着沙漠吃什么？唯有吃苦。

“我的爷爷这样吃苦一辈子，我的爷爷的爷爷也这样吃苦一辈子。我的父亲还是这样。轮到我了，我不想守着沙漠走先辈走过的路。可是又有什么办法？沙里不会长粮食，更不会长猪牛羊肉。认命吗？不甘心，很痛苦！”阿布得老人忆及往昔，眼睛里噙满泪水。

从小吃着沙拌饭长大的王文彪，面对央视记者的镜头，微笑着说：“如果现在你给我一碗沙拌饭，我也能吃下去！”

人的适应性超强。但这种适应一旦成了习惯，人就会变得麻木，不思进取！真正有智慧的人，就是不管遭遇什么，都能将其转化为实现梦想的动力。死亡之海，不毛之地。在这样的地方，人类除了绝望，还会有梦想吗？

1958：大漠童年

很多年前，一队迁徙的人马从陕北府谷来到内蒙古黄河南岸。他们奔波千里，疲惫不堪，遂择库布其沙漠边缘定居下来，从此一代一代繁衍生息。杭锦旗的“杭锦”，由“杭更”演变而来，它是古代蒙古族部落的名字。这个使车部落，曾经乘着车到处游牧。

1958年9月，王文彪出生于杭锦旗杭锦淖尔村，这儿距沙漠只有1公里，距离黄河不到5公里，绵延的阴山余脉耸立在村子东北方。在王文彪的记忆中，童年的库布其一年365天，300天都有沙。从早到晚，从春到冬，天天刮风，天天沙尘弥漫。

多年以后，王文彪回忆说：“沙漠对很多人来说可能很陌生，但我生在沙漠，命中注定要和沙漠打交道。刚懂事的时候，浑身都是沙、吃饭都是沙、睁开眼是沙、睡觉也是沙、满炕都是沙。”

与沙漠相伴的是贫困的日子。破旧的小屋，吃了上顿没下顿，面黄肌瘦的村人，光着脚丫的孩子，神情麻木的牧羊人……刚强的母亲以羸弱的身躯和父亲共同扛起全家人的生活。她总是天不亮就起床，夜深了还在忙碌。她不仅要让3个年幼的儿子填饱肚子，还尽心尽力伺候瘫痪的婆婆。

70 年代风沙肆虐的库布其

无论生活如何艰辛，母亲总能让王文彪兄弟穿得干干净净，把婆婆的头发梳得整整齐齐，收拾得利利落落，背着婆婆到院子里晒太阳。

少年的王文彪活泼好动，对村旁的大沙漠充满好奇。“妈妈，我想去沙漠里看一看。”

“去不得！沙漠进去就出不来了。”

“为什么？”

“沙漠会吃人，沙漠里有狼。”

母亲的解释令王文彪将信将疑，他暂时放弃了闯入沙漠的念头。

库布其沙漠改变了很多人的命运，也包括王文彪。

参加高中考试，王文彪考到了旗里的重点中学。他家离旗所在地 60 多公里，家门口的沙漠就像大山一样挡住去路。要去重点中学，需绕道

200多公里。对于贫穷的家境，这根本不可能。

王文彪只好选择沙漠边上一个较近的、便宜的非重点中学，不用再穿越沙漠。即便如此，上学仍困难重重。沙漠让黄河断流了。他只好过了黄河，再坐一段火车去那个学校。本来只有几十公里，结果去一趟得走2天。

不知从何时开始，风沙成为横亘在王文彪心底的一道阴影。他做不到像母亲那样快乐地与沙为伴过日子，他固执地认为，自己不应该再像父辈那样平淡地在沙漠边生活。可是，出路在哪里？他究竟想过怎样的日子？

无数次站在村头，王文彪面对漫延无际的荒漠，一个念头在他脑海盘旋：我不属于这里！这不该是我一辈子待的地方。无数次王文彪把自己的脚放在沙子上，又收了回来。在没有路的地方，走出一条属于自己的路，谈何容易。王文彪想离开这个落后荒凉的村落，到城市找一份体面的工作，过上体面的生活。

知识改变命运。王文彪拼命读书，十年寒窗，终于如愿以偿考进师范学校。读书期间，王文彪离开生养他的大漠，在象牙塔里开始有限地接触社会，了解这个时代。

1984：从老师到主任秘书

1984年夏，王文彪被分配到家乡杭锦旗第一中学任团委书记兼教师。崭新的生活在他面前铺开。也许，他这辈子都会在这里教书，与一届届像自己一样出身贫困的学子为伍，娶妻生子，安贫乐道。

生活的节奏在变快，地球变得越来越像一个村庄。王文彪可以通过更多渠道认识他所生活的年代。

1986年，王文彪的人生轨迹发生改变。他离开讲台，被选调到杭锦旗人民政府当秘书。从学校到政府部门，王文彪最初有些不适应，但对他来说，这的确是一个与以前不同的新天地。

在旗里工作的王文彪顺风顺水，被提拔为旗（县）办公室副主任秘书。

在杭锦淖尔村，一切似乎都没怎么改变。人们日出而做，日落而息，依然吃着沙拌饭！

自从走进杭锦旗人民政府后，再回到家乡，王文彪发现人们看他的眼神与以往有些不同。在世代务农的村人眼里，吃上公家粮，捧上铁饭碗，是一件非常令人羡慕的事情。有些眼光长远的“能人”，甚至猜测王文彪从此踏上仕途，将来肯定会做大官，衣锦还乡。

在王文彪考入师范学院那一刻，母亲就长长舒了一口气，多年的梦想已经实现了。拥有这么一个有志气的儿子，她很满足。参加工作后的王文彪，从学校老师到政府秘书，再到县办公室副主任秘书，一路走来让母亲感到意外和惊喜。母亲的腰杆挺得更直了，一天到晚心里藏着蜜，她感谢王家祖上积德，出了这么一位令家族骄傲的后生。

命运总喜欢不经意地和人开个玩笑。已经是“县里的官”，大好仕途摆在面前的王文彪，突然要离开县政府，到沙漠深处当挖盐工！

村人们除了震惊，还有不少猜测：刚离开沙漠、前程一片光明的娃儿，为何要自寻苦吃再往沙漠里钻呢？难道是犯了大错，被下放到沙漠接受惩罚？一股莫名的气息在杭锦淖尔村氤氲弥漫，村人的窃窃私语不时传进王文彪母亲的耳朵，母亲的心阴郁起来。

1988：走进盐海子

1988 年新春伊始，中国政府明显加快了经济体制改革的步伐。2 月 9 日，全国企业承包经营责任制座谈会在北京召开。李鹏指出 1988 年经济工作主要抓好四件大事，“推行企业承包经营责任制”是其中之一。

2 月 27 日，国务院批转国家经济体制改革委员会提出的《1988 年深化经济体制改革的总体方案》，并发出通知。改革是统揽全局的大事，各地区各部门一定要切实加强领导，把改革列入经常性的议事日程。同日，为发展和完善全民所有制工业企业承包经营责任制，转变企业经营机制，增强企业活力，提高经济效益，国务院发布《全民所有制工业企业承包经营责任制暂行条例》。《条例》规定，承包经营责任制是在坚持社会主义公有制的基础上，按照所有权与经营权分离的原则，责权利相结合的原则，和包死基数、确保上交、超收多留、欠收自补的原则，确定国家与企业的分配关系，使企业做到自主经营、自负盈亏。

4 月 13 日，经过广泛征求社会各界的意见和人大代表的认真讨论，中国国家主席杨尚昆发布 1988 年第三号主席令，公布七届全国人大一次会议通过的《中华人民共和国全民所有制工业企业法》，从 1988 年 8 月 1 日起施行。

4 月 27 日，财政部发布《全民所有制工业企业推行承包经营责任制有关财务问题的规定》。指出，合同所有制工业盈利和亏损企业都可根据自身的实际情况，选择承包经营责任制的具体形式，不能包肥不包瘦，包盈不包亏，确保上交国家财政收入，增强企业自我发展能力，确保企业资产增值，逐步改善职工生活。企业实行承包后，应依法缴纳产品税、所得税、调节税和其它各项税收。

这一年，中国正处在计划经济向市场经济转变的过程中，一部分人从政府摇篮，下海走向企业。多年以后，王文彪说："我去当厂长的那一天，很洋气，212 来接我去上任。"

一辆 212 吉普车从县城出发，朝库布其沙漠腹地行驶。早晨的太阳从地平线跃起，天地尽头，金色的沙粒似乎正在熔化，形成一条奔腾的火龙。

越野车上坐着三四个人。一位司机，一位年纪大一些，模样像领导。还有一位年轻人，他就是 29 岁的王文彪。这一天，阳光、空气、一草一木一粒沙都是崭新的。王文彪离开公务员岗位，带着几件衣服和一箱跟随他多年的书籍，到 60 公里外的盐厂走马上任。

库布其沙漠南缘的锡尼镇，就是当时棉锦旗政府所在地。距锡尼镇遥远的库布其沙漠腹地，有一片资源富集的湖泊哈拉芒奈湖。湖畔有一个小盐厂杭锦旗盐厂。这个当时由伊克昭盟杭锦旗开办的小得不能再小的企业，被人称为"手工小作坊"，却供应内蒙古中西部几十万人吃盐。此时，盐厂生产难以为继，已经负债 500 万元，正濒临倒闭，要关停整顿。有些职工甚至打算卷铺盖走人了。

改革的春风吹遍大江南北，也吹进鄂尔多斯高原。旗政府决定对处于亏损状态、生产状况不好的旗里最重要的企业——杭锦旗盐厂进行改革，推出"竞标承包制"，公开招用承包人。这是当时社会上刚兴起的国企改革新事物，用竞选承包方式来选择厂长。

当锡尼镇的人们尚在议论纷纷的时候，王文彪作出了他一生中最具有挑战意义的决定，主动请缨参加招标。

老盐厂旧址

旗长问："说心里话，你为什么要去？"

"就是想实实在在做事，想干事。"

"难道在旗里不能干事了吗？"

"我想去锻炼锻炼"。

"那可是一个兔子不拉屎的地方。不要冲动，你再回去好好想想。"

"我已经想好了。"王文彪态度坚定。

在计划经济时期，对于农民来说，政府部门是一个"吃香的，喝辣的"的好地方，母亲的失望与难过可想而知。

"老王家祖祖辈辈就出了你一个国家干部，应该知足了。放着好好的干部不当，放着‘铁饭碗’不要，折腾什么呢？”

从小就很听母亲话的王文彪有些犹豫了，他不想惹母亲伤心。母亲的话不无道理，他从来没有干过企业，万一干不好，怎么办？王文彪安慰母亲：“我很年轻，想做一点实事。”

面对儿子的坚持，母亲无奈地说：“前面的路是黑的，谁也不知道怎么走才对。你想去就去吧。”虽然不再反对，母亲目光里却写满了担忧。王文彪懂得那目光，他不敢直视，心中隐隐作痛。

一些朋友也劝。王文彪则坚定地说：“不试一试，怎么能知道成败？”

有人冷嘲热讽，说：“这叫‘恐龙蛋换咸鸭蛋，整个一个傻瓜蛋’。”

王文彪肚里的回答是——燕雀焉知鸿鹄之志。

旗长亲自送王文彪。他知道，等待这个小伙子的不是安逸的办公室，而是难以想象的残酷战场。“你去盐厂很多同事都不看好，传到我耳朵里也有些风言风语。他们说要不了 3 年，你就得灰溜溜地回来。还有人说不超过 3 个月，你就得哭着喊着回来！”

“嘴长在别人身上，他们怎么说我管不了。”

“我当年也像你一样年轻气盛，不撞南墙不回头。”旗长语气中没有责难，倒多出几分欣赏，“说说你对盐厂情况了解多少？”

“我有一些心理准备……”

越野车驶入沙漠，面前是一望无际的荒沙梁。一阵风来，沙粒打在车窗玻璃上，噼噼叭叭作响。

旗长问：“你以前有没有到过沙漠腹地？”

王文彪微笑说：“我虽然生长在沙漠边缘，但妈妈不让进沙漠，说里面有狼。”

沙漠根本就没有路，一脚踩下去，会留下清晰的脚印。吉普车在沙漠中行驶，后面留下几道深深的车轮印。同行的还有一位刨沙人，携带着铁锹。遇到沙丘堵路，刨沙人下车铲平沙丘后，吉普车才能继续走。

盐厂距离旗政府所在地全长直线距离 40 公里，若是普通公路不到 1 个小时就到了。那天，他们走走停停，用了 3 个多小时。

在沙梁间分布着的内陆小湖，俗称海子。终于看到了白花花的盐海子，看到了盐厂的大门。一群职工正等在那里，准备欢迎他们新上任的厂长。

王文彪露出笑脸，为了这一刻，他已经等了很久。可是，吉普车刚进厂部院子，却停下来。

——它被一两米厚的沙子捂住，抛锚了。

想象中可不是这样：车把自己送到盐厂大门前，久候在那里的职工列队鼓掌迎接。自己在旗长的陪同下，潇洒地走下车，镇定自信、面带微笑，给盐厂员工留下一个良好的印象。职工、领导纷纷涌过来紧紧握手，簇拥着他走进盐厂……

现实是他们被沙漠阻住，尴尬得不知所措。现实与想象的差距，总是这么大。库布其沙漠就这样给了新来者一个下马威。王文彪急得鬓角冒汗。职工们跑过来，顾不上和新厂长打招呼，又是铲沙子，又是推车，齐心协力把吉普车从沙窝里推出来。

一排简易的办公室，十室九空。没有机器的轰鸣，没有鼎沸的人声，有的只是随风飞扬的沙尘和枯草。在盐厂简陋的会议室里，旗长郑重介绍："这位就是你们的新领导王文彪同志。"

会议室里响起稀稀落落的掌声。把一个被风沙堵住大门的企业，交给这个年纪轻轻的小伙子，能行吗？王文彪从人们的眼中看到了疑惑，甚至质疑。

会议室外，职工也在议论。

"新厂长一来就被沙捂住，不是什么好兆头。瞧着吧，他干不长。"

"或许，这是沙漠想留住他，让他带着大伙儿奔个好前程。"

29岁，在如今的北京城里，很多人还没有真正成熟，还是一个大孩子。而王文彪却要担负起近百号员工和他们背后近百个家庭的期望与重托。

临别，旗长给王文彪打气："只管放心吧，档案保留在旗里，待遇保留在旗里，等着你3年后回来。"

此时，年轻的王文彪除了一腔热情，一无所有。

1988年5月8日。平原地区正春意盎然，百花争艳。而沙漠的浓春时节，却难见一丝丝绿意。

这一天，王文彪做梦也不会想到，它将会成为自己人生最重要的日子之一。在以后的岁月，他会不止一次地提及并回忆这个日子。

某个日子的重要与否，当时自己不知道。或许要等上很多年，才会意

1989 年，王文彪绘制发展蓝图

识到那个看似平常的日子如此重要，竟然成为自己人生的一个里程牌、转折点。

坐在破烂的办公室里，向左看是一头毛驴，向右看还是一头毛驴，办公室外面还有大大小小好几头毛驴。王文彪有些懊悔，自己怎么来到这么个鬼地方！

走出办公室不远，有 4 名工人正在打扑克、喝啤酒。对于王文彪的出现，他们甚至带着几分敌意。

两个盐池，没有人好好维护，有些地方已泥沙塌陷。盐湖里蒙着厚厚的沙子。生锈的生产设备也快被沙子埋掉了。王文彪在盐厂转了一圈，形势比他想象的要严峻得多。

“咱这里可以说是一张白纸，甚至是一个负数。”陪在旁边的同事介绍，盐厂现实的问题是“四无三缺”。无路、无电、无水、无通讯，同时缺人才、缺技术、缺资金。特别是人员思想不统一，企业缺乏潜在的发展后劲。

工业企业没有电，就像人没有血液一样可怕。当时只有一台柴油机发电，供附近的居民和工人照明，每天晚上1小时。大家都盼着盐厂来客人，来客人要招待，需要用电，盐厂就会延长发电时间，大伙儿就能多见一会亮光。

此时的盐厂，奄奄一息，在刚刚起步的市场竞争中不堪一击。

那天晚上，王文彪在自己的工作日志上写下《孟子·告子下》中的一句话："天将降大任于斯人也，必先苦其心志，劳其筋骨。"

盐厂生产作业很传统也很艰苦，几乎每天都有沙尘暴。如果说王文彪从小伴着吹来的沙子长大，现在则是天天和沙漠滚爬在一起。他重新过上比小时还难以忍受的恶劣生活：风呜呜地刮起沙子，打在脸上像针扎。睁不开眼睛，连张嘴呼吸都是一件困难的事。

对于新来的厂长，盐厂职工各怀心事。有人破罐破摔无所谓，有人冷眼旁观，大多数人虽然心中疑惑，却仍抱有希望：不管谁来当一把手，只要能带着大家挣钱，能养家糊口就行。

新官上任三把火，王文彪的第一把火会怎么烧，盐厂员工都在看着。有老同志前来请示，第一步工作做什么？

"治沙！"王文彪脱口而出。

"治沙？库布其沙漠这么大，就凭我们这几十号人，沙没治了，反过来沙倒把我们给治了。"

"挑一些责任心强、素质相对较高的员工，啥也别干，就种树。"

"可是，钱从哪儿来？"老同志摊开双手。

"盐厂每卖1吨盐，就拿出5元钱。咱们一年四季在整个盐湖周围，在沙漠边上种树、种草。"

王文彪斩钉截铁，他从工人中选出27人组成林工队，专职清理沙子和种树。他交代给他们的任务浓缩为四个字："保住盐厂！"

为了盐厂不被风沙吞噬，王文彪和这27位员工与沙子较上了劲。因为风沙太大，沙子清了又来，来了就再清。他们用了近8年时间，在厂区周边种植了2万多棵杨树。

5块钱治沙，成为王文彪走马上任后颁布的第一项命令。盐厂重新恢复生产，当年不但扭亏为盈，还赚了120万元。超额完成承包指标，令旗领导和全厂员工对他刮目相看。

此时，王文彪不会想到：他一脚踏进商海，就再没有回头。

1992：你必须用你手中的牌玩下去

盐厂“林工队”种下的防沙树

阳光灼照，空气干燥，地面如火……沙漠给人们的印象总是“干渴的世界”，非洲的撒哈拉大沙漠一连数年不会下雨，智利的阿塔卡马沙漠400年来只下了一场雨，被称为世界的“旱极”。

然而，沙漠地区不仅有下雨现象，而且一些地方甚至会降下令人吃惊的暴雨。气象专家解释，沙漠地区降雨是一种正常的天气现象。一般情况下，沙漠降雨量非常少，大部分地区降雨量不足400毫米。但当沙漠上空有大的降雨天气系统“经过”时，偶尔会遇到其它气流的“阻截”而放慢前进速度，或干脆停滞不前，从而将云中携带的大量水汽以降雨形式倾泻下来。

1992年8月12日晚8点，茫茫的库布其沙漠上空突然乌云滚滚，大雨如瓢泼一般狂泻而下，地面沙粒被粗大的雨点打得四处飞溅，沙坑万点。沙漠里难得的降雨让一些职工满心欢喜，虽然风雨打得人睁不开眼睛，他们还是乐意站在雨中享受一番清凉滋味。

暴雨倾盆2个小时后，令人意想不到的事情发生了，雨水在平坦的沙漠腹地汇集成滚滚洪流。洪水咆哮着淹没了拖拉机，淹没了厂房。遭遇百年不遇的大暴雨无情袭击，在盐厂职工心中还从来没有过。

“汽化厂正在安装新设备，不能淹了！跟我走！”王文彪带着大家奔到雨幕中。

洪水淹没了净化车间，由于水流湍急，沙袋根本无法垒砌。洪水打着旋儿往设备最高处冲，水柱离地面 10 多米高。

“一定要抢救出设备！”王文彪不顾一切跳进洪水中，一下就被洪水击倒。他扑腾着喝了几口水，向下沉去。几名小伙见势不妙，携手跳进水里，几番沉浮才合力把他拖上来。

死神伸向王文彪的手，缩了回去。

王文彪抹去脸上的水渍，再次带领员工跳入水中，他们手挽手，肩并肩，组成一道人墙，封堵决口，一点点抢救公司的财物。

王钟涛，1992 年大学毕业。7 月流火，他和一帮大学毕业生从锡尼镇赶往盐化厂。路上有两个地方男生得走着把班车推过去，有些女生在车上坐着，有些女生下来帮忙推。40 多个同学从上午出发，一直到晚上 8 点多才到达。

“在今天这段路程只需用 20 多分钟。沙漠腹地基本什么都没有，虽然有人烟，但这里相对独立，和外面的交通、通讯条件都非常差。到了盐化厂，有一种与世隔绝的感觉。”王钟涛回忆自己上班第一天的情形，而他关于盐厂遭遇水灾的记忆，则更加深刻：

盐化厂生产的芒硝，是当时利润比较好的产品。全都是人工生产，职工用锹铲从湖里挖芒硝，几千吨、上万吨、几万吨，一洼一洼地堆到湖边。那天下雨的时候，我和 40 多个学生已经下班回宿舍了。

8 点多，突然接到通知。因为没有电话，分管我们这帮学生的车间主任急匆匆跑来说出问题了，大水把好多芒硝给淹了。硝碰到水就会化掉，这种情况下，最容易集中找到的就是我们这帮学生。我们统一住在一排宿舍。

大家急忙赶过去，那里已经有好多水。1 个多小时的冲击，我们回到车间，很多设备都找不着了。净化车间里有两台锅炉，还有一些其它设备。我们开始围绕这个车间搞防洪。那时候，觉得自己浑身有使不完的劲儿。因为没有其它东西，只能拿袋子把煤装起来运走。用打水的枪往外放水，到处都是水，水已经没到我们的腰部以上。王总好像当时在杭锦旗，不久就赶了回来。我有一个难忘的情景：

防洪的时候，从液压站一个非常高的地方泄下洪水，把车间两个大储水罐冲下去很深。王总着急路过那个地方，突然就掉下去了。确实有生命

1991 年，老盐厂采硝现场

危险，可谓九死一生，几个伙伴把他救上来。那时候王总 30 多岁，正年轻。他作为一名国家干部，自己用命去做企业，我们为什么不能留下来和他一起干？没有理由轻易放弃或者是离开。我坚持留下来，一直干到现在，与这些刻骨铭心的记忆有关系。

王总的车停在一个地方，在那种激情燃烧的时候，大家都忙于防洪，他也忙于指挥，谁也没注意那辆车。11 点多，洪水过去。王总突然想起要回办公室找一件东西。这时候一看他的车，由于不断冲击，都埋在泥沙里了。大家想了好多办法，车子就出不来。当时司机姓宋。我们这帮人怎么样也得把车拿出来。锹挖挖不出来，推也推不动。20 多个人去抬车，有一个说话有点结巴的同事，使劲儿往起抬，深更半夜又在那种暴风雨中，突然他手里拿出一样东西，问我：

“这，这，这是什么？”

我回头一看：“坏了，你手里拿的是一个大灯。”

最后，我们费了九牛二虎之力，终于把车给弄出来了——20年前这个风雨交加的夜晚，我永远不会忘！

后来，我们用袋状的帆布把每一个地方都包起来，弄成土坝，防止把房子冲垮。为了把帆布固定在土坝上，必须用柳树削的尖尖的木头橛子把帆布钉住，让雨水不至于冲在土坝上。土坝里还有硝，只要进水，坝一旦垮塌，硝就被水冲走。

第2天，第3天，1个多月的时间，王总基本没有离开过现场。到现在我仍记得他的背影。王总个子比较大，每天都走在我们最前面，后面上百号人跟着他，拿着木头橛子不停地往下钉。一站就是几个小时、几十个小时。

由于条件所限，没有大型作业机械，为了保护盐田，保护产品，公司所有员工，不论男女老幼无一掉队，人工背沙袋封堵汹涌的洪水。一天下来，所有人的肩膀都被磨破了皮、磨出了血。虽然连续作战，人困马乏，但大家毫无怨言。

天有不测风云。一场百年不遇的特大暴雨带来的大洪水，将靠晒硝刚有起色的企业冲得荡然无存，4年的心血白费了。筋疲力尽的王文彪望着被洪水冲毁的原料，眼里噙满悲壮的泪水。

绝望的情绪笼罩着盐厂，有工人失声痛哭。

“哭能解决什么问题？”王文彪烦躁地大吼。

工人们围过来，一双双热切的眼睛望着他们年轻的厂长。

王文彪的心在滴血，企业可以没了，精神不能垮。他目光坚定地看着大家：“这点天灾算什么！咱们很快就能恢复生产。中秋节要到了，厂里准备买几百只羊，给每名职工发1只羊。”

职工们热烈鼓掌，有人议论：“以前过节也就发几斤羊肉，这次发1只羊，看样子厂子倒不了。”

王文彪接着给大家打气：“船破了还有3000钉子，谁说盐厂垮了？大家放心回家过节。”

无论什么时候，家里的门都会为儿子敞开。母亲是王文彪心中最柔软的部分，也是他最坚强的后盾。虽然很多外面的事情母亲并不懂，但关键时候，母亲总和自己站在一起，成为他最有力的支持者。

“最近工作怎么样？盐厂一切还好吧？”自从王文彪到盐厂后，母亲便开始关心他的工作。

“还好！”

“那场大雨，盐厂没事吧？”

“没……”王文彪不愿把发生的一切告诉母亲。他已成为男子汉，应该为母亲和家人撑起一片天空，遮挡外面的风雨。他不愿母亲再为自己的事担心得睡不着觉。

王文彪说：“你背着瘫痪奶奶的时候，心里是怎么想的？”

“还能怎么想？继续过日子呗。不能倒下去，我倒了这一家人怎么办？你，咋想起来问这个？”

“随便问一问……”王文彪转换了话题。

几个月后，盐海子重新被挖出来，厂房被清理干净，设备重新运转起来，盐厂恢复了生产。工人们的信心重新树立起来。

王文彪暗暗舒一口气。这是他做盐厂厂长以来面临的最大一次危机。

从零开始的盐厂，生产蒸蒸日上。王文彪请来专家，对盐湖进行再度开发和研究。在有关科研机构的支持配合下，经过反复试验，终于研制出新产品。随着新产品的顺利投产，盐海子越来越热闹，产品一度曾经占到全国同类产品的 1/3，市场供应不求。此举不仅结束了盐厂近 40 年原盐单一的生产历史，也为亿利的成功组建奠定了基础。

第二章

开路记

“那个时候年龄也小，敢干，所以就拍板，咱们就穿越这个沙漠，就修它一条公路。”“在沙漠里边修路最大的难度，是人们对在沙漠里修路有看法，内部人员敢怒不敢言，他们觉得我是胡闹。”

——王文彪

沙漠里没有路

“世上本没有路，走的人多了就成了路。”鲁迅这句话，适合中原，适合江南，但未必适合沙漠。在沙漠走过再多的人，脚下依然是沙漠。一场风过，足印也不会留下半个。

亿利的创业之旅依然充满坎坷。几年间盐厂发展很快，由最初的几万吨产品，发展到 1995、1996 年的几十万吨。然而问题更严重了：这么多产品怎么运出去?

盐厂在沙漠以南，火车站在沙漠以北，还要跨越一条黄河。中间直线距离 65 公里，若交通条件好，这段距离运输产品是比较合理的。但由于沙漠堵着，运输车不得不绕道走 330 公里沙漠边缘公路，才能到达火车站。1 吨盐的成本因此增加六七十块钱，1 吨盐总共就卖几十块钱。实际上产品的一点利润，全部耗到了路上，而且亏损。最后，这种运输模式也持续不下去了。

王文彪在盐海子周围转悠。林工队折腾了几年，在盐湖周围种了不少树。王文彪发现这种小打小闹地治沙是一种徒劳，根本解决不了问题。沙漠越来越大，风沙越刮越猛。运输道路多次被沙阻断，运输花费的时间越来越长，产品运不出去!

“我们的出路究竟在哪里？”因产品运不出去，企业一次次面临停产，王文彪时刻都在默默地问自己。其实，第一次进盐厂，他就在思考，盐厂要活下去必须解决两大问题：第一，要找到盐厂的生命之路，找到一条运输通道，否则盐厂没有任何希望；第二，只有把风沙止住，才能保障盐厂资源的安全、企业的安全，才能有人愿意来。每天风沙滚滚，谁会来这种地方？

A 方案，就是要穿越沙漠找到一条生存之道；B 方案，就是等待自生自灭。没有 C 方案可供选择。不进则亡。1996 年的时候，王文彪已不能停留在思考层面，他要行动了。

王文彪把班子主要成员召集起来开会：

“自从我做了这个盐厂的厂长，尽管发展得不错，有几十种产品，但由于沙漠阻挡，没有路，没有电，没有通讯，甚至没有喝的水，在这样艰苦恶劣的环境下，要想发展，越来越难。我有一个想法，能不能把库布其沙漠切开，修一条路？”

“修路？在沙漠里怎么修路啊？”

“那可是死亡之海，从没有人进去过。”大家用不可思议的眼光看着他。有人分析得更具体：“修路没有技术，不可能修好；修通路怎么养护

无边无际的沙漠

路？盐厂规模不大，要修一条路得花很多钱。刚刚起色的小盐厂能否承担起如此重任？这么多的钱从何而来？”

“你们的担心是正确的。这种风险意识我也有。但不做，就是等死，盐厂就得解散，各回各家。做了，才有希望。”王文彪推心置腹地说，“盐厂是国有企业，怎么能解散呢？我灰头土脸回去，没办法给组织交账，也没办法给家人交账。我们还有别的办法吗？我们的企业连关门的资格都没有。”

一位老职工指着他的鼻子说：“几百年来没有人敢干的事情，你王文彪能干成？我看不是得意忘形，就是脑子出了毛病！”

韩美飞原来在一所中学做校领导，和王文彪既是老乡，又是同学。1995 年，王文彪说：“公司里需要人，你来吧。”家里人都反对，做教师挺好，跑到一家老企业做什么呢？韩美飞没有听家人的劝告。

当时，企业挺困难，吃饭都成问题。公司成立了大项目，韩美飞负责土建施工，一年时间，工厂就建起来了，但产品却很难及时运往天津港。

王文彪提出修穿沙公路，不只是韩美飞，老领导都认为风险很大。韩美飞说：“从我跟他一块工作开始，‘统一’这两个字真不是很容易讲出来的。”

多年以后，央视记者问：“如果修路不成，你又该怎么向自己交账，向大家交账？”王文彪微笑着说：“我这个人还是比较乐观的。”

要在茫茫的沙漠上修建一条公路，首先挡在王文彪面前的拦路虎就是资金。“那时候我对这些问题的决策还是比较武断的，就这么干，出了问题我负责。如果不这样做，我认为这个企业不可能活下去。不治服沙漠，沙漠就会吃掉我们。被沙漠吃掉是死，与沙漠抗争也是死，既然怎么都是死，还不如放手一搏，干他一场！”

央视记者追问：“对赌一把，胜算有多大？”

王文彪答：“我觉得是胜败各半。我们没有这种技术，没有经验。尽管我出生在沙漠的边缘，对它比较了解，但我确实没有进过沙漠里边。”

更多的质疑声传到王文彪耳朵里。只有想不到，没有做不到。不尝试，怎么能知道不会成功？不会安于现状的王文彪努力做大家的思想工作，大会小会上谈，私底下与员工交心。越来越多的人站在他的身后，没有人反对了。

大家只是恳切地看着他：“王总，难啊！”

激情燃烧的日子

一个“难”字重重地压在王文彪的心头。

万事开头难，但如果不行动，就永远不会有进展。王文彪专门组成了沙漠修路工作组，进沙漠调研之后，拿出了修路的具体方案。然而，当财务把核算结果放在他案头时，却给王文彪当头泼了一盆冷水：

修路资金至少需要 7000 万元。

在 20 世纪 90 年代，盐厂总共加起来也没有多少资产。盐厂一年的收入只有四五千万，要拿出这么多钱修路，难比登天。王文彪阴沉着脸在盐厂转来转去。厂房里堆积着如山的产品，设备处于半停产状态。一位工人抖落着双手询问：“王总，怎么办啊？”

不修路，盐厂死路一条；修路，盐厂又没有钱。进退两难的王文彪一咬牙，决定筹钱。他亲自跑金融机构贷款。

“什么？要在沙漠里修路？”金融机构的负责人像听天书一般，“钱放出去打了水漂，这风险我们不能担。”

银行不傻，一口回绝。好话都说尽，王文彪就差跪下求人，仍毫无效果。

躺在简陋的招待所里，王文彪闭目沉思。一条又一条求钱的路被堵死，还能有什么办法？他想到了政府。对，去找政府，让政府找银行。

后来，王文彪回忆：“我当时上蹿下跳，找自治区的领导，找盟里边的领导，找旗里边的领导，通过多次说服，还因为这件事感动了我们的自治区领导。”

王文彪给自治区领导讲了他第一次去盐厂上班的故事。领导不相信：“是真的吗？”

“上班第一天，厂部门前就是一堆沙子，我坐着 212 都过不去。盐厂怎么发展？盐厂负责内蒙古很大一片区域的盐的供应，如果盐厂倒下，就变成民生问题了。”

领导很重视民生，立即说：“这可不行。”

自治区领导决定亲自去实地考察。那天，偏赶上沙漠起大风沙，从盟里到盐厂，正常情况下走 2 个小时。但领导要路过沙漠，要亲眼看看沙漠究竟多么艰难。结果，他走了 8 个小时才到。

领导本身有腰病，一连坐了 8 个小时的车，痛苦不堪。王文彪在旁边看着都心疼。领导真正感受到沙漠道路的重要性，说："我一定得支持做这件事情。"

盟委领导是一个很干实事、干大事的人，了解盐厂情况后，亲自在盐厂开了一个现场会，把各大银行的行长都请来，动之以情，晓之以理：

"我给你们作揖了，我请你们支持他，把这一条路修通。"

得到自治区领导的支持，盟委领导又亲自出面。有政府这个强大的靠山，银行同意贷一部分钱，再加上企业自己出一部分钱。功夫不负有心人，王文彪东挪西借，终于凑足了 7500 万元修路款。

初春的库布其沙漠，风卷沙扬，沙砾扑打在人的脸上像针扎一样。1997 年 4 月 3 日，王文彪和盐厂的员工怀里揣着干粮，顶着风沙，拖着帐篷，走近大漠腹地，与施工队一起开始修建公路。面对茫茫库布其大漠的特大沙段，面对肆虐的沙尘暴，面对一无技术二无先例的条件，王文彪与工人们同吃、同住、同劳动。

修路先要先打路基。所谓路基，是按照路线位置和一定技术要求修筑的作为路面基础的带状构造物，它是公路的基础，是用土或石料修筑而成的线形结构物。依材料划分，路基可分为土路基、石路基、土石路基 3 种。

在沙漠里打路基，比平常铺路基要困难得多。推土机打头阵，把 10 几米高的沙丘推平，推出路面，工人们再紧跟着打路基。当年参加过筑路的韩美飞说："没有好机械，大型的 75 马力推土机就是最好的，又不能拿推车推，进度很慢，几乎全是靠人、推土机完成。"

1988 年公司创业即加入亿利的王瑞杰，参加过修路勘查路线，是项目的具体负责人。他感慨地说："没有亲身经历过，不知道其中的苦。库布其黄沙漫天，酷热难熬，平均气温在 40 摄氏度左右，不要说干活，就是站在那里也让人难以忍受。"

"天当被子地作床，黄沙拌饭可口香。"职工们只能带一些简单的生产用具和生活用品，每天啃着干巴巴的干粮。带的水喝完了，在沙漠的湿地就地挖井取水，有人形容这些经历像上甘岭。

大家苦中作乐，以苦为乐，发明了一种闻所未闻的“羊肉面”做法：把穿在身上的白茬皮袄脱下，反过来当作面案，把面粉和起来，去孔兑沟里捡块长条石头当作擀面杖擀薄，架起篝火，用手撕成片在铁饭盒里煮熟，再撒点盐，就成了一顿虽没有肉，却带有羊膻味的“羊肉面”。

韩美飞说：“要打通 60 多公里沙漠，在那么偏远的地方有时候一天喝不上水，吃饭更成问题，在沙漠里怎么生火做饭？”

当年参加过修路的员工王义说：“几百人参加修路，吃住都在沙漠，搭沙子帐篷。一日三餐都是馒头和沙子一块进嘴，一张嘴，沙子自然而然就进去了。晚上住帐篷，特别冷。”

“清汤挂面碗底沙，夹生米饭沙碜牙，帐篷卧听大风吼，早晨起来脸盖沙。”这首顺口溜记录了当时修路工人遭遇的真实情景。

1997 年春，亿利集团进入库布其沙漠腹地修筑第一条穿沙公路

要致富，先修路。路有了，过富裕生活的日子就不远了。大家心气儿高涨，干活也特别卖力。看着人声鼎沸的场面，王文彪很高兴。只有行动起来，梦想才能成为现实。然而，从梦想到现实的道路，从来都不是一帆风顺。

第二天，王文彪一早赶到修路现场，面前的情形让他高昂的心情猛然一沉——修好的路基不见踪影，满眼都是漫漫黄沙。

“一夜之间，黄沙就把路基盖住，昨天的血汗都白流了。”有人叹息。

“王总，现在怎么办？”身边的人焦灼地问。

“重新推路基！”王文彪毫不气馁，果断下令。

“再被沙子盖住，咋办？”

“那就再推！”

韩美飞回忆说：“刚刚修成的路挺好，大风吹一晚上，次日 6 米宽的路面，沙子堆得老高，车从这面走不到那面。”

王义说：“修路的材料运输主要靠骆驼。材料在几十公里以外，骆驼走得特别慢。大家在等材料进来的时候，公路又变成了沙漠。”

他们推了埋，埋了推，一晃 3 个月过去，路却毫无进展。

劳动过后，简单又快乐的午餐

热火朝天的修路现场

“沙漠里修路怎么可能？这不是胡闹吗？”有人开始埋怨。

“多少钱都撒进沙粒里了，连个水花都看不到。”有人开始质疑。

在沙漠的打击面前，一部分人的信心动摇了，不和谐的声音越来越多地传入王文彪的耳朵。他虽然表面不动声色，实际却心急如焚。

王文彪对员工们说：“这是一场人和大自然意志的较量！谁先投降，谁就输！我们的企业不能关闭，我们没有输的资格！再难也要坚持！”

“绝大多数人没有任何退缩和怨言。”韩美飞说，“当时条件那么艰苦，环境那么恶劣，大家还相信王总说的这条路一定能够修得出来，大家特别有信心。”

修路大军加紧工期，到年底，终于修成了全部路基。

沙漠全民总动员

在库布其沙漠，一夜大风就可以移动几座巨大的沙丘，更别说淹没一条公路了。几十米高的沙丘彼此相连，紧逼公路两旁，随时有可能将这凝结着人们汗水与希望的穿沙公路吞没。

路基通了以后，最重要的问题就是：一夜之间，全被风沙埋了。对于辛苦的修路人来说，这是最痛苦的。但也在他们预料之中。从筑路伊始，王文彪们就与沙漠展开了艰苦卓绝的斗争，修路、护路几乎同时进行。按照规划设计，穿沙公路两侧必须植树种草，设置密密的沙障，才能防止沙子侵袭，保证道路畅通。

修路难，护路更难。王文彪向广大参加修路的民工问计："有什么办法让路基不被流动的沙丘淹没？"

"如果能把沙子固定住就好了。"一位民工说。

王文彪眼前一亮："有什么办法能固定住沙子？"

"用沙柳条插成网格形状，能把沙子固定在网格里。"从沙漠中找来死去的沙柳枝条，编成草方格，然后固定在道路两侧，这种方式叫打方格。

第二天，路基竟然没有被沙子淹没。王文彪兴奋地连声说："太好了！就用这种办法。在全路推广，在网格里再种上沙蒿！"

适逢 8 月，进入雨季。下了点雨，黄沙不再飞扬，加上网格固定的作用，路基终于没有再遭黄沙淹没的命运。

1998 年，春天植树的季节，王文彪和他的团队与沙漠为伴，与风暴共舞，没有休息天，没有节假日。春季过后，每个人都瘦了一圈，脸脱了一层皮，嘴唇裂开的血口子，到冬季才能恢复。然而，春天植下去的树苗，往往刚到夏天就被沙暴狂风吹得无影无踪。于是，第二年再去种。

兵来将挡，水来土屯。有难题大家一起想办法解决。王文彪带领他的团队，在沙漠里流血流汗。路，在他们的脚下一点点向前延伸。到 1998 年底，路基终于全部铺上了砂石子。

一年又一年，修建穿越库布其沙漠的第一条路，已进入第 3 个年头。

1999 年开春，王文彪吃惊地发现，凡是树活了的地方，高高的沙丘不见了。原来树长高后，固定住沙丘无法移动，风一吹，沙丘的沙子落入

壮观的治沙场景

低处，填平低坑，沙漠变平了。

“沙漠里种树不需要把沙漠推平！”他兴奋得像获了大奖，全线部署，一边在沙漠里直接种树，一边硬化已成型的路面。

10 月，瓜果飘香的季节。经过 1000 多个日日夜夜艰苦奋战，一条被誉为“大漠奇迹”的穿沙公路终于修成通车了！

这一天是 1999 年 10 月 8 日。

“65 公里的路，整整修了 3 年啊。在沙漠里修路，我们修成了！”王文彪在通车庆典仪式上，语声哽咽。

现场许多参加修路的职工都忍不住落下激动的泪水。

这是一件极具风险和挑战的事情，因为在沙漠腹地从未有人做过这样的事。没有技术支撑，没有先例可循，没有可靠的地质资料，没有足够的资金。他们拥有的，是无畏的勇气和胆略，是政府的支持和广大乡亲的积极参与。杭锦旗政府组织动员机关干部放弃节假日扛起了铁锹；沙漠里的

打网格

农牧民兄弟放下牧羊鞭，背起了草籽树苗……

滴滴汗水粒粒沙，这条路背负着库布其沙漠几代人的梦想。王文彪感慨：“这是我最大的慰藉，也是我这一生梦寐以求的事情。我就出生在库布其沙漠，我的童年曾经过着与他们一样的生活，我也深受其害，深知其苦，但我同时也深深地爱着这片土地。”

一条生命之路

公路即将建成通车的时候，王文彪驱车在穿沙公路上考察。

听说是修路的老总过来了，一位蒙古族老大娘领着两个孙子跑到王文彪身边。老太太眼里满是泪水，紧紧攥着王文彪的双手对她的两个孙子说：“来，过来给这位修路的叔叔跪下磕个头。要不是这位叔叔，你们可能一辈子也出不了沙漠。”

王文彪说，这是他做企业多少年来最想掉眼泪的时候。

在修路之前，王文彪曾亲自深入沙漠做调查。怎么才能进到沙漠里呢？一位职工出主意：“开着盐厂的链轨拖拉机试试。”

王文彪觉得链轨拖拉机的链条是软的，接地面积大，对付沙漠没问题。事实告诉他，链轨拖拉机在沙漠面前那么不堪一击。十几米高的沙丘挡在面前，链轨拖拉机爬沙丘时，翻了下来。

王文彪不甘心，连闯了几次，都是连人带车从沙丘上翻下来。缄默的沙漠好像在以这种方式拒绝这位闯入者。

王文彪决定实施第二方案：组织骆驼队进沙漠。王文彪终于进入沙漠腹地。他被震撼了：大漠浩瀚，朝日浑圆，如诗如画。此时的沙漠宁静而坦然，仿佛在无声地召唤着他。在大自然面前，人显得那么渺小。

这次调查，给王文彪留下难以磨灭的印象。沙漠里难得见一棵树。放眼望去，不见一丝绿色。看不到任何动物，连一只兔子都没有，难怪人们说这是个“兔子不拉屎的地方”。

走上半天或一天，未必能看见一个人。令王文彪吃惊的是，在如此荒凉的沙漠中，竟然生存着零散的牧民。他们常年吃不到新鲜蔬菜和鲜活的食品，购买柴米油盐等生活必需品，得到百十公里之外的商店。曾住在沙

1998 年，库布其第一条穿沙公路

漠腹地的牧民格什道格陶说，因为没路，他只能骑马或骆驼去购物，来回一趟要走两三天，一次得购半年用的生活用品。

当地人盖一座像样的砖房，只能通过羊拖马拉，从上百公里之外运回建筑材料，每块砖的造价比外面高出两三倍，一幢近百平方米的砖房，总造价高达几万元，相当于一个中等城市的房价。

没有大夫，没有医疗保障，人们看病只能骑马骑骆驼出去找医院。如果是急病，后果可想而知。若走不出去，只能活活等死。妇女生小孩，如果出现问题基本就没命。四五天才能走出沙漠，即使找到大夫，黄花菜都凉了。

没有路，孩子要找寄宿学校，一个刚断奶的孩子就要踏上远离家乡、远离父母的求学之路。走不出沙漠，读不了书，在沙漠里是普遍现象。王文彪回想自己童年读书的遭遇，这些孩子的经历有过之而无不及。

全长 65 公里的穿越库布其沙漠的柏油路建成通车，一通百通。

它使盐厂不仅每年节省 1000 多万元的运费，还解决了其运输瓶颈问题。盐海子的产品从此走出大漠，走向世界，硫化碱的市场占有率一度达到世界第一。

它不仅解决了当地 1 万多农牧民交通运输问题，带动了地方经济的发展，还解决了沙区百姓看病难、上学难、购物难等诸多困难，拉近了与城里人的距离，从根本上改善了沙区老百姓的生产和生活方式。

2014 年穿沙公路两侧绿意葱葱

多年以后，人们对它这样解读：中国第一条穿越大漠死亡之海的人流、物流、信息流的大通道。梦想引领人生道路，现实修正人生梦想。王文彪通过实践，摸索出了一条“路、电、水、讯、绿”一体化的治沙模式，路修到哪里，电就通到哪里，水就通到哪里，通讯就通到哪里，绿化就辐射到哪里。

盐厂上下员工喜气洋洋，从此，他们可以过上安心的好日子。几乎所有人都认为，这一次王文彪总该心满意足、全身心投入到企业的生产经营上来了。可是，细心的职工发现，他仍然在忙碌，从早到晚不是处理盐厂事务，就是翻书查阅大堆的资料。

小富即安，王文彪完全可以躺在已经赢利的盐厂享受快活。大家再一次错了，一个更宏大的计划正在他心中孕育。王文彪没想到，他的这个战略规划一出台，就遭到包括政府领导、单位同事 99% 的人的反对，让他再次陷入孤立无援的人生绝境。

第三章

治沙记

“从治沙来讲，起初我们是为了活命为了生存。后来，特别从1996年修这条公路以后想法就变了，就不只是活命和生存的问题。人总得有一份责任，我毕竟生在这个地方、长在这个地方，沙漠养育了我。反正进来了，你企业的事得做，老百姓的事也得做。”

“这26年里，库布其治沙人必须要面对大自然最严峻考验。但藏在镜头背后比干旱、比烈日、比绝望无垠的黄沙还要严峻的考验，就是嘲笑和质疑、压力和孤独、犹豫和诱惑。”

——王文彪

春季大会战

春天，库布其沙漠也苏醒了。瑞雪化去，细沙变得酥软湿润。如果你深深地呼吸，不仅可以嗅到春天的气息，还可以嗅到沙漠特有的那种生命的气息。

像听到了远方的呼唤，甘肃、宁夏、辽宁、吉林，甚至更远的山东、河南、新疆的打工者不约而同朝这里赶来。有的坐火车，有的坐长途汽车。也有亲戚朋友、宗亲兄弟合包了一辆面包车。冷清了一个冬季的库布其沙漠，仿佛一夜之间就热闹起来。

相熟的老张和老刘又碰面了，免不了一阵寒暄。

“年过得如何？家里又添新人了？”

“去年在这里挣了不少钱？小洋楼盖起来了吧？”

“不赚钱，种树就是个辛苦钱。”

“你是一个种树高手，成活率比我们都高！还说不赚钱？谁相信。”

新的种植区已经划分好了，有专门的车送来树苗。种树的家什自己带，一把铁锹、水壶、水管等，也有就近购买的。独贵镇上的生意人早就有了经验，知道开春这个时候，来沙漠种树的人需要什么，早早就备齐了货，盼着来一个开门红，生意兴隆。

种树已经有经验了。过去铁锹挖，费时费力，成活率却很低。现在用气流植树。一个长水管连接水源，水管这头是根长长的铁管。通过它能把强力的水送进松软的沙子深处，然后迅速插上沙柳。一个熟练的种植高手，10 秒钟就种出一棵。

兴致来时，大家进行比赛。“一、二、三，开始！”几个高手迅疾开

春季造林比赛现场

气流法植树

始种植，当然需要帮手，拉水管、水冲、插枝！

旁边观战的拍手叫好，他们也不是没有目的，是向这些植树高手学习诀窍来了。

虽然辛苦，但体力劳动者的心灵却是最单纯、最率真，最快乐的。人们在种植间隙，也会停下来抹一把脸上的汗。因为长时间阳光炙烤，捂了一冬已经白皙的皮肤，又变回酱紫色。

有人唱起了秦腔，把词给改了，“八百里秦川”改成了“八百里沙漠……”；有人唱起了蒙古长调，悠扬的歌声，把人们带到了一望无垠的大草原；有些人则眯起了眼，想象着不久的将来，这里也会变成绿草如茵、动物的乐园，这当然也有自己的一份功劳，不由自主地咧开了嘴；还有人唱起了豫剧：“老寇准下朝来，一边走一边长叹……”；本地人也忍不住了，把新学的古如歌哼唱起来，又把人们拉到久远的过去。一时间，库布其成了各地剧种展示的大舞台。

年轻人不甘落后，唱起了王力宏、羽泉，也有人故意细了嗓子唱王菲、凤凰传奇，或者新晋歌星邓紫棋。

宁静的沙漠，变成了沸腾的海洋。

沙漠深处离最近的镇也有几十公里。沙漠里也没有中原那样的村庄和人家，人们就自带帐篷。白天种树，晚上在工地睡觉。饭不必自己做，这里也做到了行业分工精细化，有专门的做饭人员，把白馒头、米饭、炒菜（大多是大烩菜，味道还不错）送到田间地头。一声招呼，人们纷纷聚拢来。

大家熟稔起来，喝点小酒，吃点小菜，聊会小天。

夜晚来了，一轮明月当空照，劳累一天的人们终于可以休息了。要好的朋友又聚在一起，坐在细沙上，聊起家长里短，聊起梦想。有人梦想早点抱上孙子，有人梦想能娶一个漂亮媳妇，有人梦想在老家盖起一幢二层的别墅。

老张家说起自家后生，那位仍在埋头种树的小伙子。“媒人倒是说过几个，也见了几个，还有一个在东莞打工，这小子就是不肯答应。”一边说一边满是父爱地瞪那边几眼。

李家也趁机偷窥两眼。其实，李家瞄上小伙不止一两日了。两家做邻居种树，抬头不见低头见，小伙子的禀性脾气都摸得大差不差了。憨厚老实，虽话不多，但说话在理儿，便叹息："家里有个丫头，20大几了还没人家，女大不中留，留来留去留成仇啊！"说着，掏出手机，翻了翻，递给老张家，"瞧，俺闺女。虽算不上数一数二的，但这眉眼十里八村也是难找第二个的。性格当然好得很，懂得孝顺，又听话……"

老张家瞪大眼睛看，束着长发，细眉大眼，眼睫毛一根根能数得清楚，唇红齿白，果真是一个俊秀妹子。两个中年人又相互过了几招，忽地缄默了。各自心里盘着小九九，闷头抽烟。好半晌儿，几乎同时开口："要不然让他们……"

都不说了，都大笑起来。心都想一块了。门当户对，都是老实本分人家，都在这库布其种树，便相互留下了电话、地址。

今年种树换了新地方，老朋友又见面了，"老家伙，倒是越活越年轻了。"

"老了，你倒快活得很，去年赚了不少钱？"

"赚啥子，不赔就满足了。"

"种树能赔？咱就出个体力，咋就赔了？大不了汗白流了。你倒是说说，你家的小洋楼是咋盖起来的？"

"别说我，你的小轿车啥时候买的？"

有人特意去看往年自己种下的沙柳或胡杨，看到吐绿发芽，或者郁郁葱葱，心里甜滋滋的。既能种树绿化沙漠，又能赚钱，这生意还能到哪里找去？人活着，不就是图一快乐吗？暗暗下决心，今年再多种一些。这些老实巴交的农民打工者，在这里认识了一个新词——成活率。他们在春天种下的树，到了秋天，根据成活多少，得到相应的报酬。

从3月初到5月初，前后两个多月的春季大会战结束了。

很多人在沙漠里已经呆了两个多月。原本光秃的沙漠，被植上了树苗，下一步就是盼望着它们都能成活。甘肃人和陕西人成了朋友，相约来年再相聚沙漠，一起种树，还做沙漠邻居。

钱学森的治沙药方

“常常是最后一把钥匙打开了神殿门，不要失去信心，只要坚持不懈，就终会有成。”

——钱学森

科学的力量是无穷的，在人类发展史上，科学家往往发挥着难以想象的作用。

钱学森，著名科学家，空气动力学家，中国载人航天奠基人，中国科学院及中国工程院院士，中国两弹一星功勋奖章获得者，被誉为“中国航天之父”“中国导弹之父”“中国自动化控制之父”和“火箭之王”。由于钱学森回国效力，中国导弹、原子弹的发射向前推进了至少 20 年。

“利用现代化技术，在沙漠里发展知识密集型产业，将在 21 世纪引发人类历史上的第六次产业革命。” 早在 1984 年，这位科技泰斗就预言说，“西部中国 16 亿亩的沙漠戈壁，将会为共和国生长出几十亿财富。”——中国学术界将其称之为“钱氏沙产业理论”。

钱学森把沙产业定义为：在“不毛之地”搞农业生产，而且是大农业生产。这可以说是一项尖端技术。他认为，沙产业要充分利用沙漠戈壁上的日照和温差等有利条件，推广使用节水生产技术，搞知识密集型的现代化农业。

这一天，王文彪把一份资料交给几位盐厂领导：“钱学森早就给出了开发沙漠产业的办法，‘多采光，少用水，新技术，高效益。’这对我们来说就是最好的指导意见。”

“厂长，你这是什么意思？”

“我们以前是守着金饭碗要饭吃！”王文彪说，“这里还有一份材料，大家有时间可以学习学习。中国沙漠化防治专家刘恕认为，沙产业有四条标准，一要看太阳能的转化效益，二要看知识密集程度，三要看是否与市场接轨，四要看是否保护环境、坚持可持续发展。”

几位盐厂领导疑惑地看着王文彪，他们的这位带头人又有什么新的点子？未来的盐厂将走向何方？对于库布其沙漠，他们还能做些什么？

大家不知道，王文彪和他的库布其沙漠绿化行动才刚刚开始……

严峻的考验

王文彪回家探望母亲。回盐厂的路上，目睹风沙对百姓生活的折磨摧残，不由得回忆起自己 18 岁那年的旧事：

因为大量的沙子堵塞，黄河断流了。政府组织黄河挖沙行动。各村出劳动力，把黄河里的沙挖出去。18 岁的王文彪刚高中毕业，也去参加劳动。

“小孩啊担那么两筐沉甸甸的沙子，我感觉到腰都被压得发出了嘎嘎的声音。”王文彪对此深有感触，“下游的老百姓守着黄河，却喝不到黄河水，这是一件很痛苦的事情。”

一个声音在王文彪脑海盘旋：你该为治理黄河做点事情了。

2000 年，王文彪决定实施他的发展沙漠绿色经济产业的宏伟规划。在班子成员会议上，他提出：“围绕黄河大规模种树，种甘草，发展医药产业，既保护黄河，又能挡住刮来的风沙，名字就叫——防沙护河锁边林。”

王文彪早有研究：在沙漠的四周种树比较容易。要想彻底治沙，首先要锁住沙漠四周、渗透腹部，先易后难、先外后内。他让专业人士算了笔账，初步实施黄河锁边林工程，至少要投入几个亿。

王文彪竟然想在黄河身上做文章！班子成员全都不可思议地看着他。

“作为企业，我们应该主要考虑企业自身的发展，如何扩大再生产，提高效益。治沙是国家、政府的事情，我们没有资本，也没有实力去做。”

“治沙成本那么大，企业效益再好也拿不出那么多钱。大批资金投入，不是马上就能给企业返回利润。沙没治好，把企业掏空了，我们吃什么喝什么？”

一位年长的副总开口说：“黄河那么长，是咱一家企业能护的？王总，你的胃口太大了。”

其他人都沉默着。

王文彪接着动员：“沙漠里遍地都是钱。库布其沙漠改造后，种植甘草和沙柳，发展沙漠甘草天然药业产业和生物能源产业，将产生巨大的效益。我们要放眼长远，做长久打算。”

黄沙中顽强生长的绿色

然而，任凭王文彪说破嘴皮，在亿利内部同意他这个发展沙漠事业战略的人仍寥寥无几。有人笑他：“在沙漠中种树林？想树想疯了！太异想天开了！”

“王文彪，我看你是被修路的成功冲晕了头脑，你这是要把盐厂往死路上领啊！”

“你可以为自己捞资本，但不能拿大家来做赌资！”领导班子会上的火药味越来越浓。两名高管由于无法认同王文彪的沙漠经济战略，辞职了。

最决绝的拒绝，就是转身离开。

王文彪陷入痛苦中。这么多人反对，难道自己错了？如果决策失败，后果会怎样？历来都是沙进人退，要改变这种千百年形成的局面，变成人进沙退，是不是天方夜谭？从历史上看，人类与沙漠的斗争，大多以失败告终。难道自己不知道吗？

但这一切都没有阻挡住王文彪搞黄河锁边林的决心。想 5 年就收回投资，还让天更蓝，沙漠变绿，天底下没有这样的好事。治理沙漠周期长，大规模，大投入，见效慢，如果没有耐心和坚持，肯定做不成！一味想着失败，想着退路，更干不成事。

“由于我是企业负责人，在内部做一些决策时也比较强硬，所以大家不再敢说什么。”王文彪最终的决定平息了企业内部的争议。可是，外界接连不断传来的质疑和非议又让他始料不及。

一些领导很不理解：“这个家伙是不是在做什么政治文章？”“是不是在做一些沽名钓誉的事情？”“是不是想通过沙漠，向国家整一些投资？”更有人在背后指指点点：“无利不起早，这家伙如此拼命跟沙漠较劲，一定有什么不可告人的惊天阴谋。”

面对质疑，许多人会犹豫甚至放弃，但王文彪不会。

“既然认为这个路是对的，再苦再难我们一定要走下去，只有这样你才有成功的把握和希望。”“就种树而言，种一棵树不难，种一天树不难，种一年树也不难，但如果说种个二三十年树，种个几千平方公里树，我看这个就是比较难的一件事情，就是要坚守。”

“动力还是发展。我对沙漠抱有很大的希望，我认为这种希望得到了现实的验证。”

“如果失败了，最多也就是投资收不回来。”

黄河锁边林是治理沙漠产业整体战略中的重要一步，黄沙从那里刮来，那里是治理沙漠的源头。不管别人说什么，王文彪下定决心干下去。他坚信自己发展沙漠产业的企业战略前瞻性是对的，难的是让大家理解他构想的企业发展长远战略，形成团队精神。

在接受一位记者采访时，王文彪讲到一则往事：

“有一位大作家，我不认识他，但我看过他的小说。去年他领着夫人到沙漠来，我本来心情很好，中午想请他吃顿饭。他一进门就神情严肃地说，你脑子是不是有问题？说得我很惊异，他怎么不尊重我。我说，我脑子没问题。他说，你脑子有问题！我说，你说我有什么问题。你为什么在沙漠里边做这件事情？别人不做你做。我说，你是说的这件事。我再给他认真地讲我为什么这样做，他后来说‘我理解了’。”

十几年后，王文彪说：“这 26 年来，库布其治沙人必须要面对大自然最严峻的考验。但藏在镜头背后比干旱、比烈日、比绝望无垠的黄沙还要严峻的考验，就是嘲笑和质疑、压力和孤独、犹豫和诱惑。”

没有彻骨的感受，不会有这样深刻的感慨。

高处不胜寒。王文彪曾深切体味到决策者的孤独。伤过，痛过，害怕过，就是没有后悔过。一切过去之后，王文彪依然坚持自己要走的路！先人坚持、坚韧、坚守的血性，仍然流淌在他的血管里。

让王文彪说一句“谢谢”不难，但他绝不会轻言“放弃”。

热血大漠

从 1999 年开始，王文彪就已经开始全面治理沙漠了。但是，1.86 万平方公里的库布其沙漠，究竟以什么模式，怎么治理，需要规划得很具体。

治理沙漠需要广阔的视野，长远的目光。在茫无边际的沙漠，种一棵树、一片树，很快就会被风沙穿透、淹没，树苗被连根拔起。如何让这种徒劳无功的事情不再发生？如何真正让沙漠变成绿洲？

“化整为零，各个击破。” 2500 多年前的吴国将军孙武，无论如何也不会想到，他的《孙子兵法》会被后人用来治沙。王文彪似乎也没有刻意想过，他应该感谢 2500 年前的孙武。

《孙子兵法》为王文彪打开了治沙的思路，一个宏大的战略规划逐渐在他脑海里呈现：先沿黄河岸建立一条长长的锁边林，锁住风沙。然后大规模进军沙漠，通过在沙漠里修筑多条公路，以路划区，分而治之，并沿路通电、通水、扎网格，大规模种树、种草、种药材。把大沙漠划整为零，分片种植。星星之火，可以燎原，最终茫茫大漠成绿洲。

尹成国至今仍很骄傲，他是当初极少数支持王文彪治沙的人。

“我是那 1% 的支持者。”他的想法与王文彪一拍即合。

尹成国成了亿利的副总裁，继续发展甘草产业的同时，主管沙漠治理。

在尹成国进入亿利之前，亿利已成功修建了第一条穿沙公路，路两边进行了绿化，在盐海子也做了一些保护性的绿化。这无形中给了他们很大的启示。

如何沿库布其沙漠北缘把沙漠锁住？尹成国首先考虑，把这条线先用防护林围起来，先锁住沙，再到沙海深处去种树种草。这样种植成果就得到了保护，不然，你前面种，农牧民后边砍。同时，还要明确告诉沙漠里的农牧民，这条生命线是需要保护的。

王文彪对这条防护林带的建设非常重视，认为是造福子孙、保护农业灌区生态基地非常重要的措施。农作物不受沙害，沙漠再不往黄河里倾斜，意义非常巨大。

规划看上去很美，但实施起来，却并非易事。一场艰苦卓绝的沙漠之战就此拉开序幕。

2000 年 7 月，亿利组织成立了库布其沙漠生态项目部。第一步，在哪里种树？要先踩点，搞好规划。开始规划无人区的时候，车根本进不去。偌大的七星湖，几十年都没进过一辆车。

尹成国第一次开着吉普车进七星湖，陪着县里的县委书记、县长、人大主任、政协主席，还有分管农业的副县长等。在汽车轰鸣声中，沉睡千年的七星湖苏醒了。

2001 年，规模宏大的锁边林工程开建，大规模的沙漠治理行动全面铺开。

库布其沙漠北缘、黄河的南岸，240 多公里的长度，单围起来就用了 2 个月。起点从精品园区域开始，全部拉起钢丝网，每隔 50 米立 1 根水泥柱，以 240 多公里长的区域作为厂区。

围栏围起来了，沙漠里还散落着 640 户牧民。他们在黄河边上有固定的土地和房子，那里只是临时居所。在沙漠一些丘陵地里，偶尔也长些草，他们把羊赶过去放牧。

尹成国和王瑞杰等人组成工作组，对牧民一户一户、一家一家做工作。他们天天跑、天天说，嘴皮子都快磨破了，目的就是说服沙漠里的农牧民。最后，通过政府的生态保护措施，给牧民一些相应补偿，终于将这些农牧民都搬迁出来。

尹成国说：“牧民也为整个沙漠治理、大面积种植作了很大的贡献。”

每年可以阻止上亿吨黄沙侵入黄河的护河锁边林

治沙的同时面临着修穿沙公路和完善相应建设的任务。开始准备一段时间后，有好多企业的负责人说："路不通，苗进不去，根本不可行。"

办法总比困难多。王文彪、尹成国带着员工测绘、测量，从沙边上通了一条路，然后用碾轨车推开，拉着黏土轧到沙上。把沙子推平，上面洒上黏土，再洒上水，再轧，轧平，干了以后就硬了，车辆可以进去了。

1999 年建成第一条穿沙公路，2004 年建成第五条穿沙公路，陆续全长 500 多公里的多条穿沙公路纵横交错，在沙漠里延伸，通向不同方向，就像库布其沙漠的血管。由此，他们找到了修路、固沙、绿化、产业同步发展的新路子。

尹成国提出，生态工程要动用全亿利集团的力量，每个企业都要下达任务。集团公司专门召开了生态大会全体会议，制定考核和奖惩办法，把治沙任务分给各个企业。

光靠亿利职工种树，肯定种不完。1 千平方公里，面积太大。他们就从外面雇了 2 千人，一起进去种树。树苗运进去了，人也都进去了，区域也划分好了。问题又来了——一些牧民组织起来，把 5 条路口全部封死，进去的人不让出来，没进去的人不让进去。说死说活都不行，坚决反对。

进不去人，就不可能送进去吃的。里面的人喝不上水、吃不上饭，事情非常严峻。一连持续了将近 20 天，经过谈判，就只让送一点馒头。

屋漏偏逢连阴雨，这一年风沙特别大，好多人待几天就受不了了。

眼看种树期就要过去，花了好大一部分钱买的树苗在沙漠里埋上，又吹干了。

怎么办？所有人把目光投在王文彪身上。

有困难，找政府。王文彪再次想到了向政府求援。县里出面做工作，下面也做工作，采取不同方式终于说通了。

治沙工作终于又可以开始了。

“在这里非常艰难，艰难到不能再艰难的程度了。”如今回忆起来，尹成国还不能不感叹，“不但有大漠的阻挠，还有很多人为因素。”

几十名治沙员工常年奔波在沙漠，与沙漠一斗就是许多年。刚开始的时候费劲、费钱，挖大坑种树，种植得密密的，认为越密越能锁住沙漠。不仅无法大面积快速种植，而且成活率只有 10%。忍受着一次次死苗的折磨，他们摸索着怎样用科学、低成本的方法绿化沙漠。

有一件事令尹成国很难忘记：

一天晚上 9 点多，王瑞杰给我打电话，说有一拨人在沙漠里没回来，被风刮得找不着了。我问：“大概有多少？”王瑞杰说：“有七八十号人。”

已经是晚上9点多。我着急了，当时风非常大，而且很寒冷。我立即把我们所有的人，按3个、4个一组分头去找。开着吉普车能走到哪儿，就是下沙漠往前开。那里也没电，汽车可以照明，每人拿着手电筒扯着嗓子喊、找。

11点多钟进去，找了2个小时，1点多了，终于找到了一些人。他们也不知道自己在哪里，找不着南北方向。有的就在沙丘下面背风的地方休息，想等天亮再走。实际上这非常危险，一可能被冻坏，二沙子刮着刮着就把人大半个身子埋进去了。

我们继续扯着嗓子喊叫，有人就听着了，他们能看见灯光。折腾了一晚上，终于全部给弄出来了。这是我印象中发生过的非常严峻的事情。

张吉树：有时候还得付出鲜血

张吉树的家乡在内蒙古东部的科尔沁，他家附近不到5公里就是科尔沁沙地。从小在沙漠里长大，张吉树对沙漠一点也不陌生。也许是与沙漠有缘，他大学学的就是沙漠治理。听说亿利搞库布其沙漠生态治理，他毫不犹豫就来了。

此时，张吉树走出大学校门已经10多年。

刚到库布其，条件特别艰苦，穿沙公路刚刚开通，路两边初步把防沙沙障工程做起来，栽了一些树。那么大面积的沙障全靠人工操作，一根一根的沙柳，捆成捆运到现场，再截成段儿，三五十公分一段，然后再全部立体插到沙里。后来发明一种更简便的方法，把沙柳捆回来以后截杆全部打成小捆捆，平铺到沙上形成网格。老方法一人一天做四五分地，费工费时。新方法快多了，一般情况下一人一天能做2亩。工序简化了，效果还非常好，因为沙子流动主要在地表30公分以内进行。

2000年7月，库布其沙漠生态项目部刚成立，单位派车到沙漠里搞调查规划。开始施工的时候，一般早晨6点起来吃早饭，每个人带一两个饼，一两瓶水，去沙漠里监工、管理、技术指导。中午大约休息1小时，晚上一直工作到8点钟。春季工程紧，有时候为了抓进度，工作时间特别长，几乎没有休息时间。开始没有交通工具，后来配了一台车，工地多、

治沙的喜人成果

车少，十几个人挤一台 2020 车。有时候车坏了，一部分人就回不去，汽车也来不了、接不走，你就得想办法在农牧民家里住。

张吉树当初在库布其北缘施工，推的是简易沙石路，这样可以把苗条运进沙漠，人员也可以接送进来。牧民多数都是本地的，一般骑摩托车或者开三轮车，干完活当天晚上回去。现在施工作业条件比原来好多了，野外有帐篷。最初没有井，后来打组合井，各个工地都有，吃水、做饭、住宿都很方便。2000 年的时候水喝没了，就得想办法找低洼的地方挖个坑，水就一点点沉淀，可以喝上面澄清的水。

一直在沙漠一线，时间长了张吉树就和沙子有了感情。自己的付出确实有回报，沙漠变绿了，心情挺舒畅。他最大的乐趣就是每天看沙漠一点点增绿。

每天在沙漠里很单调。人在这种环境下，到一定程度就会郁闷。没有其它娱乐方式，偶尔大家聚一聚，喝点儿酒，扯开嗓子吼一吼家乡的戏或者流行歌。沙漠是最好的听众，它就那么默默地看着你，看着你快乐，也看着你忧伤。你躺在沙漠里敞开四肢，能感到它无限的包容。如果你仔细听，沙漠也有声音，有呼吸，有深沉的爱。

沙子开玩笑会开得非常大。正在施工，突然漫天遍野的沙尘暴来了。春季每天的风沙都很大，大家也没办法，为了赶工程进度，只能顶着狂风工作。风特别大时，就没法施工。三四级风时，沙有时候就起来了，你在这种树，它在那刮。你在那吃饭，它就刮到嘴里来，不小心还迷了眼睛，搞得大家每天都灰头土脸。

2006 年搞调查，去了 5 台车。张吉树坐的那台车，司机可能没听清前面车的指挥，直接就开过去。前面是一道很高的沙壑，车上到十几米高的沙丘顶之后突然就直接飞了下去。结果，张吉树的腰椎压骨折了，在家躺了 2 个多月。

“那是很惨的一次。这种事情特别危险，车里好几个人，当时汽车好像飞机起飞，没飞起来就落在沙谷里。在沙漠工作，除了艰苦，有时候还得付出鲜血。”张吉树听说，2003 年春，负责飞播的奥文祥乘坐的飞机在半空中突然失去动力，坠落在沙漠，幸运的是除了一些擦伤外并无大碍。人们说“是上天在保佑我们这些做好事的人”。

现在防沙治沙主要是生物治沙和工程治沙。工程治沙就是沙障。在沙障的基础上栽种植物，在沙障中间飞播造林。飞播造林速度快、成本低，播种的全是适沙性的沙生植物。像沙蒿，发芽率特别快，降水量几毫米就能够发芽，羊柴、花棒都是非常不错的飞播植物。

说到种植，张吉树说：“以前我们用的是铁锹挖穴，挖 60 公分深或者是 1 米来深，把高杆杨树、沙柳栽种进去，费工、费时、费力。现在是水冲造林，1 米多长的沙柳、杨树插条水冲，工效特别快，大约 10 几秒，就可以把树种好，同时浇好水。这事真不敢想象。过去我们都是在沙漠低凹的地方种树造林，沙漠的风蚀量大约每年是 40-60 公分，插穗长度如果低于 40-60 公分，可能种进去之后，一年就会被风连根给吹出来，吹倒了。现在的技术成活率和保存率都非常高，而且可以对整个沙丘进行造林。至于其它新的种植技术，目前正在研发的还有几种，尚处在试验阶段。”

对未来的前景，张吉树期待：一是把沙漠治理好，让沙漠先绿起来；二是如何进一步开发沙产业，从最初的种植到产业开发，后续的产品加工利用，通过科技增值，进一步拉动防沙治沙，形成良性循环。

国家荣誉

2001 年 4 月，北京，人民大会堂。

脱去劳动服，西装革履的王文彪显得更加容光焕发、器宇轩昂。

这一天，朱镕基、温家宝同时出场，给王文彪颁发了全国绿化劳动模范奖。因为治沙，王文彪成为全国绿化劳动模范。

亿利人奔走相告。那些日子，亿利人像过节一般。

一份庄重的国家荣誉落在王文彪身上，如同落在所有亿利人身上一样。它不仅坚定了王文彪治理沙漠的决心，也彻底打开了绝大多数亿利人长久深埋的心结。他们坚持几十年做的事情，得到了国家的肯定，这种精神鼓励，远胜于一切物质，也包括金钱。

因为一份国家荣誉，同样被改变观念的还有韩美飞。

王文彪治沙，韩美飞并不支持，他是第一个站出来反对的人。因为是王文彪同乡，在当时的领导团队中年纪又比较大，大家推举他来说服王文

2001 年 4 月，朱镕基总理向王文彪董事长颁发全国绿化劳动模范奖

彪放弃治沙想法。

经过数次交流，韩美飞知道自己说服不了王文彪，于是改换策略，实行软抵抗政策。一年年初，王文彪和大家开会商讨治沙事宜。中间休息，一帮中层干部在厕所里议论，如何阻止王文彪治沙。

韩美飞拍着胸脯说："你们听老哥我的没错。王总不是想治沙吗？可以。但具体执行在我们手里，咱给他打几个折扣。他要投资 800 万治沙，咱只用 300 万，其余 500 万用在企业的生产经营上……"

韩美飞说得信心十足，忽然发现面对他的同事们脸色陡变，一位平时爱和他开玩笑的老弟还偷偷使劲冲他挤眉弄眼。韩美飞觉得气氛异常，一扭头，发现王文彪正站在自己背后。

王文彪很生气，说："你不想干，我可以换人。"

还有一次开会，韩美飞报种树计划 3 万亩。王文彪伸出右手，说："50

万亩，少一亩都不行。”韩美飞没招了，只得答应。他雇了大量农民，一年种了53万亩，超额完成任务。

对于这位老部下、老兄长，王文彪也有偏爱。一次，集团开会，王文彪和韩美飞走了个前后脚儿。王文彪问：“老韩，你现在一年挣多少钱？”

韩美飞说：“全部下来十一二万吧。”

王文彪扭头冲身后的其他集团领导说：“你们嚷嚷收入低，看看人家老韩！”

韩美飞当时就觉得自己是跳进黄河也说不清了。兄弟们肯定以为，是他在向老总哭穷。王文彪没再说什么，不久，韩美飞发现自己的工资开始突飞猛进。第1年20万，第2年30万……

如今，身为库布其治沙一线统帅的韩美飞，培养了一大批像麦拉苏这样的治沙急先锋。

和韩美飞交谈时，他的眼中泪光晶莹：

我们八几年开始种树，原来种树是为了保护盐海的湖田。到九几年铺了柏油路，种树是为了保护路和盐田。我们发动杭锦旗所有农牧民、工人、干部出力修路，在路两边种了很大的两排。

修路之后，王总看到风沙很大，就发动我们治沙。他提出要建240公里长的黄河锁边林。企业需要扩大再产生，一期工程一共花500万，拿300万治理黄河南岸的沙，由此往东100公里，往西还有140公里，光围栏就这么长。那时候要拿出300万相当困难。

修路护盐田，大家都同意，但王总要治理沙漠，建黄河锁边林。企业员工想不通啊，包括我在内都举手反对。当时，我们想得更多的是企业，怎么样让企业赚钱。外人也不理解，包括当地的农牧民、政府的领导等。

资格老、岁数比他大的同事，都跟他说：你不要弄这个了。他苦口婆心给我们做思想工作，最终大家算是勉强同意了。那时候我们是上下级关系，虽然不是十分理解，你接到这个任务就得好好干。

随着时间流逝，大家慢慢改变了看法。九几年的时候，当地政府、农牧民，包括我们集团公司的所有职工、领导班子都认为治沙这条路是走对了。国家发出的信号是近几年的事。九几年以后，中央的领导多次来，我们就感觉过去的这种付出是值得的，汗水没白流，被别人认可了。有记者当着我的面说，你们创造了一个奇迹。

治沙并非一朝一夕的事情。数年间，王文彪一直和他的同事们为治沙的事情而“斗争”。在 2002 年春天的领导班子会议上，王文彪部署继续大规模种树播草。

大家继续反对。

王文彪生气地说：“我自己出钱买树苗，你们去种，行不行？”

大家愕然，不知道说什么好。

“我深受沙漠之苦。小时候守着黄河喝不上水，守着沙漠吃不上饭。村里的百姓现在还过着这种日子，你们就理解理解我吧。”

集团副总王瑞丰也不同意治沙。他诚恳地说：“亿利一年利润只有 2 亿元，却要拿出几千万元治沙。企业首先要有效益，才能生存下来，总不能贷款去治理沙漠，不能治沙治得现金流都断掉了。”

王文彪一向尊重这位从创业起家时就和自己一起干的副总：“沙产业虽然回报长，但可以做成很多事情。老兄支持我吧，这是一件造福积德的事情。”

看大家没有表态，王文彪接着说：“沙漠大有文章可做，企业大有利润可为。建起沙漠绿色经济后，其它企业很难复制，企业发展具有很强的可持续性。”

王瑞丰并没有认可他的话，但被他的执着和真情打动。

亿利全员开进库布其沙漠，一边种树，一边种甘草……

防沙护河锁边林工程总共投资 10 多亿人民币，先后出动 10 多万当地农民。4 年时间，他们在库布其沙漠北部的边缘地带修建了 242 公里长的柏油路，路的两侧种植了 200 多万亩以甘草、沙柳、杨树为主的经济生态林。

2004 年工程完工，不但锁住了流向黄河的沙，而且使库布其沙漠的生态得到进一步修复。大面积的经济生态林不仅为企业带来了丰厚的回报，同时也带动了当地 1 万多农牧民共同致富。

“首先把沙锁住，不要让沙飞出来。沙尘暴越来越少，这个是有直接作用的。库布其沙漠和黄河毗邻，相距也就三四公里，沙漠一直在威胁黄河、侵害黄河。黄河的下游老在断流，通过这么多年的生态建设，这个问题解决了。如果没有锁边林工程，我估计得拿很多的投资，去做固沙的工作。”

“我们是依托这块沃土发展起来的，应该回馈这块沃土。这不是唱高调，是我发自内心一直坚守的东西。”

“好多人老在问，你们治理沙漠到底为了啥，背后有什么不可告人的目的？什么也没有，很简单，就是想把沙漠搞好，这已经变成一种事业了。”

王文彪在说最后这句话时，面带微笑，显得很平静。

第四章

甘草记

梁外甘草

在修第一条穿沙公路时，王文彪和他的员工曾用沙柳打方格法护路。但这种方法 1 亩需要 1000 块钱左右，成本很高，效果又不一定好。而且只能管一个时期，时间长了，沙子再扑上去，就不起作用了。

打网格的巨大成本由企业承担。韩美飞说："第一条穿沙公路，实际修路投资有五六千万，但整个护路投资早已超过了这个数目。对当时我们才几个亿的企业来说，确实压力很大。"

修路难，护路更难。种种压力，最终都集中在王文彪身上。

夕阳西下，残红如血，天空与库布其沙漠在地平线上交汇。踱步在荒沙梁上的王文彪紧皱眉头。沙漠无路，他必须带领员工闯出一条路来。可是，出路在哪里？他如何克服这重重困难继续走下去呢？

智慧在民间，王文彪开始走访沙漠深处的牧民。在向牧民求教的过程中，有一种植物引起了他的注意。这种植物在沙漠里活得很好，对于他来说也并不陌生。

昏黄的灯光下，王文彪还在埋头查阅资料，窗户上映投着他那魁梧高大的背影。起夜的员工路过，看到那亮灯的窗子，揉了揉惺忪睡眼，嘟囔着："深更半夜的，王总咋还没睡！"

《本草纲目》介绍，梁外有甘草，叫十方九草。梁外就是库布其沙漠，梁外甘草最好的产地就在库布其。甘草又称蜜草，是沙漠中的先锋植物，耐寒、耐旱、耐风沙、耐贫瘠。其根部是名贵药材，地上的茎叶是优质牧草，被誉为中药之王。甘草可用于深加工发展天然健康药业，还可通过根瘤菌固氮作用为沙漠土壤提供天然氮肥，改良沙漠土地……

小时候，因为离沙漠不远，家里比较贫困。有时候王文彪就跑到沙漠里找点甘草，拿去卖几块钱上学。第一次深入沙漠腹地考察，他也曾注意到沙漠深处中零零星星散布着的绿色甘草。

梁外甘草

王文彪激动地走到窗边，打开窗户，一轮旭日正从沙漠里冉冉升起。这么广袤的沙漠没人敢用，没人能用。他望沙兴叹，为什么不用？都是沙漠，甘草还长得不错。为什么不在穿沙公路两边种植甘草，一可以护路，二还可以带来经济效益。

在荆棘丛生的前行道路上，王文彪重新看到了希望。

“这里大有文章可做。我们就以这个作为突破口，在沙漠大规模种甘草。”

在穿沙公路两侧搞种植，起初就是以甘草为主。后来，他们种植了近20万亩以甘草、沙柳、杨树为主的生态林。1年后，在沙漠上形成了一道长65公里，宽8–10公里的绿色长廊。

路不但护住了，路边的甘草还为企业带来了几百万元的收益。

出身农村的奥文祥，是恢复招考制度之后的第一批大学生，系统学习过造林治沙专业知识。亿利巴拉贡建甘草基地，奥文祥是负责人。为了切实解决水源地等棘手问题，奥文祥经常彻夜难眠，风沙吹裂了嘴唇，烈日灼伤了皮肤，起早贪黑地在基地现场转悠，一年多时间穿烂6双鞋。

奥文祥和同事用麦材堰渠，在汛期用混流泵把浑浊的黄河水引到地里，沉淤覆沙。水跑了，他们连衣服鞋袜都顾不上脱，冲上水口用身体堵缺口。雨季来临，他又组织雇用农民在渠背、堰子、坝坡播撒了五谷固土，同时

甘草大丰收

营造了乔灌结合的速生防护林，仅用 2 年的时间就完全控制了流沙。

土地尚未改造成熟，直播甘草育苗十分困难。奥文祥和同事们第一次大胆采用人工扦播甘草苗的方法，使明沙梁产出了等级品质上乘的甘草，创造了 82 万元的产值。进入夏季栽植的树木，由于采取了“入窖延期”和“植物源”保水的措施，成活率达到了 86%。

尹成国的甘草情结

尹成国出生在杭锦旗，先后在县政府、县人大工作。

杭锦旗县本身就是贫困县。内蒙有位扶贫办主任推行了一套科学管理办法，立足当地自然资源，对发展进行规划。尹成国后来调到县政府项目办，根据每个村的资源，一个乡一个村地做发展规划。

尹成国负责工业部分，做了 2 年多，工作完成得很出色，在全内蒙古自治区引起了重视。县里常委会经研究通过，要派他到一个乡做党委书记。他成为重点培养对象，政治前途一片光明。

但是，尹成国却婉言拒绝了。他从自己做过的规划中，选中了发展本县甘草产业的项目。世界驰名的梁外甘草就在这个区域，这个县也是中国的甘草之乡。

尹成国下海办起杭锦旗梁外甘草资源开发有限公司。经过七八年时间，公司发展势头非常好。他们采用公司加农户、企业加基地的模式，甘草从采籽、育苗、种植就和农户结合，包括收购、加工、提取等一系列的甘草产业发展环节。

1998 年，王文彪向尹成国发出邀请。这一年，尹成国的公司给县财政交所得税 240 万，利润相当不错。因为当年搞过规划，尹成国对整个杭锦旗，包括七星湖的基本情况都了如指掌。那时候没有机动车，靠骑骆驼进沙漠，虽然很慢，但却有时间观察区域内的甘草生长情况。

受王文彪感召，尹成国毅然带着他的公司和甘草产业加入了亿利。

这天，王文彪亲自来找他，“甘草被连根挖出后，辛辛苦苦在沙漠里形成的绿色植被就被破坏掉了。我们不但要甘草这种药材，还要保住它的绿色。这个问题必须解决。你一定要想出办法。”

“可是，甘草就是这么生长的呀！”尹成国觉得很无辜。

“我不管，我就是要它们能再活下去！”

敢于把不可能变为可能，这是王文彪的风格。但要改变甘草自然生长规律，就有些勉为其难了。

那段时间，尹成国吃不好睡不好，甚至连做梦都在研究。他会静静地望着成片的甘草地，好半天一动不动。有一次，因为太投入，不知不觉采

2000 年 7 月 25 日，亿利在沪上市

了一片甘草叶塞进嘴里慢慢嚼。“尹总，你在干什么呢？”直到有人打断，他才晃然回过神来。

尹成国是甘草专家，他组成专家团队专门进行研究。尹成国和他的团队发现：

甘草长出后，根系有多个，挖时不要连根拔起，而只挖掉 2/3，留下 1/3。第 2 年，甘草会自动发芽，茂盛生长。这样种植出的甘草不用浇水，不用养护，不用管理，只要种下去，就可以世世代代循环受用，如“聚宝盆”一样。

他们将这种方法命名为“甘草平移法”。随着研究的深入，他们逐渐摸索出了把“甘草苗”平着埋在沙漠里的办法。

为何不自己种植甘草？尹成国想。很快，库布其开始大规模推广“甘草半野生栽培技术”，规模化、标准化种植甘草。亿利兼并了一家甘草医药公司，采集沙漠里种植的甘草，用甘草制药，迈出沙漠医药产业的第一步。

比人还高的甘草根

药中之王

沙漠中的三件宝——沙柳、胡杨和甘草。

老麦曾经带我们到路边一片甘草与沙柳共生的滩地。甘草枝叶低矮，根系沿地皮繁衍。而沙柳和其它树种，占据的是甘草生长空间之上的空间，可以共享墒情和空气阳光，和谐共处，互不侵犯。老麦说，这种地下种植甘草，地上种植可再生能源沙柳，已在整个沙漠治理区域大面积推广。他扒开一棵甘草给我看：甘草的根不是竖直朝下长，而是平着长。经三五年长成的甘草根，又粗又长。老麦扒了一截递给我：“尝一尝。”我放在嘴里，甘甜，略带苦涩。看我微微皱眉，老麦说：“只有沙漠里才能长出地道的甘草。”

继举全企之力修建穿沙公路之后，亿利甘草生态建设已经搞了 5 年。

他们大规模推广“甘草半野生栽培技术”，规模化、标准化种植甘草，开发亿利汇源甘草饮品、亿利甘草良咽、亿利复方甘草片等甘草系列产品。

亿利集团从农户手中收购的甘草

研究、培育、改良了沙柳、甘草等200多种种质资源，把库布其沙漠建成了全球规模最大的沙旱生林木种质资源库。

他们还推出沙漠家族的调味调料、汤料。比如：一片“沙漠人参”肉苁蓉、两片“药中之王”甘草、三颗枸杞、四片黄芪，用著名中医王新陆配的方子打成包，让大家品尝原汁原味原生态的老味道。王文彪还想了一句广告词：我来自沙漠。

当时，社会各界很多人都认为王文彪是走过场，而亿利恰恰要搞产业化。王文彪觉得入世以后中蒙医药一定是强势产业。面对库布其沙漠，怎么变废为宝，怎么把像“梁外甘草”这样非常珍贵的草药有效利用起来，怎么形成产业链，让手里的资源也能参与世界经济——这是一个睿智者清醒的思考！

创业之初，王文彪就清醒地认识到，一个企业要真正实现华丽转身，就必须走上市融资之路，必须在资本市场有所作为。从 1998 年开始，亿利陆续并购和成立了 10 余家医药生产、研发和销售企业，完成了生物医药产业板块的架构，形成从中药材种植、生产、销售到批发、零售的完整产业链。

“这个严冬比往常更寒冷……亿利是出生在沙漠中，成长在逆境中，发展在争议中。”王文彪说。但他始终坚信，冬天来了，春天就不会太遥远。

2000 年 7 月 25 日，亿利科技敲响上市的锣声，5800 万 A 股在沪成功发行，直接融资 5.2 亿元。企业从此踏上资本市场的平台，实现了跨越式发展。

第五章

沙柳记

空瓶插柳

1998 年开春，修路大军再次开进沙漠，网格和路基依稀可见。

“光靠网格种草，沙子还是上了路。效果并不好，成本又高。”王文彪继续向大家征寻更佳的治沙护路办法。

“种树护路效果可能更好。”有员工建议。

树可以挡风，树根可以系住沙丘流动，从理论上说得通。

“大家试验种树护路的办法。”王文彪对全线下达命令。

在沙漠里选择什么树种，怎么种，是最难解决的问题。王文彪带领大家在整个沙漠里选了 20 多种树种，一一试验，看哪个能最终成活。

轰隆隆的推土机把沙丘推平后，人们插上网格，挖出大坑，种上沙柳树。望着密密的沙柳，想想不久的将来，这里将是一片绿色，大家脸上漾起满足的笑容。

可是，1 个月后，沙柳没有一棵成活，全部死掉了。

同样的事情仍在沙漠里发生。王中强带着 23 个人，背着帐篷，在沙漠吃住，一待就是 48 天。

小吴回去看女朋友。女友很惊诧：“才几天没见面，你咋变成黑人了？”

小吴说：“沙漠紫外线辐射强，队里所有人的脸都被晒得和我一样。”

看着光秃秃的脑袋，女友又问：“原来潇洒的发型咋也不要了。”

小吴说：“黄沙一吹，沙子灌满了头发，我们都把头发剃光了。”

女友看着小吴裂开的嘴唇，心疼地问：“你嘴唇怎么裂这么多缝？”

小吴说：“沙漠里缺水、风大，人待的时间长了，嘴唇没有不裂缝的。”

女友眼泪差点掉下来，叹口气说：“可惜你不是女人，如果是女人，还能抹些口红湿润湿润。”

小吴眼睛一亮。再和同伴进沙漠时，他兜里就揣着女友的口红。往嘴唇上一抹，果然奏效。大伙儿看了，纷纷效仿。

汽车进不来，树苗只能靠人肩扛，每走一步都很困难。栽 1 棵树，只有深挖 1 米以上，才能见到湿土层。他们挖坑、放苗、填土，用艰辛和汗水在库布其沙漠栽下一棵棵希望之树。

然而，春天植下的树苗，刚到夏天就被沙暴狂风吹得无影无踪。

“唉，劳民伤财啊！钱打水漂了。”望着干枯的沙柳，王文彪很心痛。

土地里种树的方法，并不适合在沙漠使用，死搬硬套是行不通的。沙漠以残酷的现实，给了他们一个沉痛的教训。

库布其沙漠的沙柳绿意盎然

大家辛辛苦苦起早贪黑，顶着火辣辣的太阳，流血流汗，付出和收获却相差甚远：种了好多树，也死了好多树。看着自己栽种的树苗慢慢枯萎死去，他们心中有说不出的滋味。

沙漠的日子是苍白的。朋友给王文彪送来一瓶插花。王文彪把它放在办公室里，为简陋的办公室平添几分靓色。

成片枯死的沙柳，搅得王文彪心神不宁。他茶不思饭不想，脑海里一直在琢磨如何才能在沙漠里种活沙柳。他的目光从窗外远处荒凉的沙漠，收回到室内，落在盛开的那瓶插花上。

鲜花正开，芬芳馥郁。王文彪忍不住俯下身子，凑近那朵鲜花。

突然，他停下来，两眼直勾勾盯着插花的玻璃瓶……

王文彪开始四处找废弃的酒瓶。

“王总这是准备改行当废品王了！”有人半开玩笑。王文彪掂了掂手中的废酒瓶，笑而不答。

王文彪找来一堆废酒瓶，灌满水，把杨树苗插进瓶中，种到沙漠里。风一吹，有些瓶子从沙漠里露出来了。但是，没有被吹出来的瓶子，几天后树苗竟然发芽了，沙层以下长满了根须。

一丝新绿，给了这些种树人天大的惊喜！

“就用这种办法种树！”王文彪大手一挥。

一瓶水可以保证树苗一年半的水分营养。这样，树的成活率一下子提高到了70%。

最初，他们在穿沙公路两边以种甘草为主。最终，他们选择了种树。

游戏中捡个大发明

在库布其，每年都会有春季种植大会战。来自四面八方的农民，参加绿化沙漠行动。劳动是辛苦的，但劳作之余，劳动者也有休息娱乐的时光。

不经意间，一个改变沙漠种植的大发明就诞生了。

在沙漠腹地的某个种植区，大家正围坐在一起吃饭。

高毛虎拿着水管，在沙地上冲出一个深坑，插进去一株树苗。又冲出一个深坑，再插进去一株树苗。再冲出一个深坑……他就这样冲坑插苗、

“气流法植树”大大提高了沙柳的成活率

冲坑插苗，绕着那些农民围了一个大圆圈。

这是高毛虎在无意中做的一个顽皮游戏。但令所有人没想到的是，他栽下的树苗竟然全都成活了。

它给了大家启发：原来这样气流植树，不但速度快，而且种苗成活率高。

消息很快传到王文彪的耳朵里，他二话没说，带上几个技术员赶了过来。

“老高，给我们再演示一下。”

“原来只是闹着玩的，没想那么多！”高毛虎憨憨地笑了笑，一边说一边用水管冲坑插苗。

王文彪瞪大双眼，好像哥伦布发现了新大陆。他转身对技术员说：“咱们的‘空瓶插柳’还有很大缺陷，成活率不高。你们回去好好研究一下，这沙坑冲多深，苗插进去多深，才能保证树苗更高的成活率！”

2009 年 10 月，王文彪接到报告：沙漠研究所的治沙种树队伍历经 23 年攻关，终于发明出一种特殊沙漠植树法——“气流植树法”，8–10 秒钟就能种 1 棵沙柳。两人配合每天可种植 20 多亩沙柳，较以前锹挖植树效率提高了 60 多倍。更重要的是，它的成活率接近 100%。

沙漠种树不再是不记成本地密集种植，他们摸索出 1 亩地种植多少棵最有利于沙柳吸收水分的办法，棵与棵之间间距多少也都一清二楚。种 1 亩沙柳，只花费 180 多元，较过去先扎网格再种植每亩可节约成本 1800 元左右。

这种气流植树法迅速在库布其传播开去。从此，结束了在沙漠里盲目种树，死了再种、种了再死的老办法。

“太好了！”王文彪大为振奋，他终于找到了锁住沙漠苍龙的良策！

有了这项新技术，几年节省生态投资 5 亿多元，提高植树效率十几倍，为大规模治沙绿化找到了科学途径。

韩美飞说：“这个发明完全是逼出来的。我们种了好多树，也死了好多。我们的资金有限，力量也有限，最终想出了这么一套方法，过去一年几万亩，现在一年几十万亩。”

张喜旺：有绿色就有希望

“我们就像沙柳，渴不死，饿不死，给点阳光就活得好好的！”

——张喜旺

在库布其，张喜旺是一个名人。人们每天都能在中央电视台看到他的身影。

女人看到电视里的张喜旺，又扭头看看身边的丈夫，和自己过了几十年的男人上电视了，她有些搞不清是做梦还是现实。儿子、女儿看到电视里的父亲，都忍不住乐：“老爸成明星了！”张喜旺有时候端着饭碗也瞄

如今库布其绿野茫茫

几眼电视里的自己，形象不差，没给库布其老少爷们丢脸。

张喜旺因为在沙漠里种树上的电视。其实，早在2011年，张喜旺在就库布其露脸了。

那年开春，张喜旺想在沙漠承包种树，人家说不行，你没有团队，给你也做不下来。张喜旺憋了一口气，非包不行。结果承包1100亩，做了43天，顺利完工。接着又在七星湖畔承包种草，种得像模像样。由此，领导对他另眼相看：这娃还行，是一块做营生的料。

2012年，领导给他承包了1200亩水冲沙柳。那块沙漠缺水，周围工地的工头都纷纷退出。“你们退的我都要了。”不知哪来一股牛劲儿，张喜旺一下拿来8000亩水冲沙柳种植合同。

沙漠种树，不是一般的苦，也不是任何人都能做包工头。

张喜旺的工地离公路7.5公里，工地方圆2公里内打不出井，工人没有水喝，吃的水全部得用拖车拉着水桶往里运。沙峰没有一点儿绿色。张喜旺第一眼看到工地，有些心灰意冷，在这个地方种沙柳，太难！但他仍然咬牙决定试试看。

30多个工人用3辆拖车往沙漠里运树苗。一天一趟，运费700元，这价钱还是认识的哥们给讲了情，算是优惠的了。种树用的是干钻（地钻），还比较轻松。工人每天来回步行，光走路得2个多小时，一天也干不上多少活儿。

一天，有一个工人迷失了方向，晚上10点多，手机联系上了，那人竟然到了10公里外别人家的工地。“你就在那里，别走开。”张喜旺开着拖车去把他拉回来，回到家已是深夜12点。“这次真把我吓坏了，觉得自己责任太大。如果人走没了，我该怎么办？好在有惊无险，才松了口气。”

张喜旺脾气好，但也有着急的时候。2013年，他要往沙漠里面运沙柳，蒙古族人不让走，三说两说争吵起来。最后，还是讲和了。“蒙古兄弟给了咱很大面子。我心里确实觉得人家对咱好，咱们到这儿挣钱来了，车每天从这个地方过，破坏了人家的草场，我就拿出1000块钱作补偿，也算我的一点心意。可是人家硬不要，这么点儿小事情说开了，并不是非要你给钱。蒙古族兄弟不讲究这个！”

以前，张喜旺对植物并不了解。种树时间长了，就有了一些认识，比如近几年沙里面常种的杨树、沙柳等。2012年以后，他又接触了羊柴、花棒等品种。喜旺也算半个沙生植物通了。

记者问：“这么多年你种了多少棵树，多大面积？自己有没有算过？”

张喜旺答：“不用说棵，就说亩吧，估计2万亩是有了。我带这个队6年了，刚开始就是700亩，那时侯没有经济实力，也就慢慢积累。2012年大翻身，一下子包了8000亩，2013年又包了6000多亩。2014年基本上把咱们南面、属于单位的地基本种完了。今年又在七星湖里面路边种了1500来亩梭梭，头一年接触，以前没听说过这个东西。尝试一下，看看这么个种法能不能活。”

治沙工人张喜旺

“你看韩总（韩美飞）会对沙漠里的树很有感情，他会说这个树根很漂亮，你对这些植物有没有特别的喜爱？”

“这种感觉当然有，去年我还去过我 2011 年做过的工地。专门开着进沙漠的交通工具进去的，沙柳确实长好了，心里有一种满足感。去年种的杨树，种一棵就活一棵。我揣住这个杨树杆杆感慨，这里头你咋就能活下来呢？”

“未来你估计还能种多少亩？”

“不知道。我现在 43 岁，凭我的身体素质，再干十几年没问题。”

“有没有想过，再做十几年以后，希望自己再完成点啥目标？”

“哎呀，让我个人想，我是没有目标的，咱书念得少，知识短缺，所以眼光短，瞭不出后劲来。”

有绿色就有希望

记者大笑，喜旺也跟着呵呵地笑。说起中国梦，张喜旺有些难以理解，但他知道，脚下的库布其沙漠变绿是实实在在的。

农历六月的阳光，并不太毒。有风扑簌簌刮过，汗毛也微微地晃动。库布其天高地阔，负氧离子充裕。若深深呼吸，会顿感头脑清醒。对于长期困居于大都市的人来说，即便在这里劳动，也是一种享受。

张喜旺正在亿利的种质资源基地里给树苗施肥、锄草。路边放着两袋敞着口的化肥，一黑一白，大小皆如米粒，摸上去有些滑润。和他一起的，还有他的老父亲和一儿一女。父亲已经 70 多岁，耳朵微聋，和他打招呼，反应有些迟慢，但仔细听，还能听明白你说的话。

地头停放着一辆长安福特蒙迪欧，像一头壮硕的牛，昭示着这个家庭的幸福与殷实。“让父亲到地里来，比闷在家里好。”张喜旺说，“孩子们放暑假了，让他们来体验一下我的工作。”

我说：“一不小心，你现在是大明星了。”

张喜旺爽朗地笑。

“本地乡亲都知道你上中央电视台了吗？”

张喜旺答：“可不是吗，每天都能看到。”

张喜旺身着精致 T 恤，皮肤黝黑，一双眼闪亮，透着纯朴和智慧。阳光下，笑得健康且灿烂。过往的岁月，留给他的不是苦难，而是满满的甜蜜回忆和丰硕的成就。

喜旺，这名字是他爸爸给起的，图个顺口。当然也有祝福他多欢喜，日子过得兴旺的意思。后来，被央视导演演绎成了“希望”，说村人喜欢喊他的名字，让人们对明天充满希望。

“20 年前的库布其沙漠，没有路，黄沙满天飞。风一刮，连眼窝都睁不开，迎面吹来的沙子打在脸上，像针像刺儿在扎你。与现在相比，就像一个冬天一个春天，就这么大变化。绿色到处都有，点点画画都有了绿色。所以在我心中慢慢悟出这么一句话：有绿色就有了希望。”

第六章

胡杨记

沙漠守护神：胡杨归来

2001年初，王文彪到美国出差，看到西雅图的沙漠里杨树亭亭玉立，不由得双眼放光。库布其和西雅图处于同一纬度，应该可以种这种杨树。他计划沿着黄河种上200多公里长、100万亩的速生杨树丰产林。

“先种1万亩，看长得怎么样。”王文彪信心满满。

亿利从山姆大叔那里空运一批美国大杨树，每棵树苗长20公分，价格4.5元。王文彪让员工把美国杨树沿着黄河岸种下去。

几个月后，多数杨树都枯死了。

失败是迈向成功应付出的代价。这次试种花费1000多万元，虽然心疼，但王文彪在沙漠种树的尝试却并没有因此停止。

王文彪最爱的沙漠植物，不是沙柳，不是甘草，而是胡杨。

在许多场合，他都会提到大漠胡杨：生而千年不死，死而千年不倒，倒而千年不朽。3千年的胡杨，1亿年的历史。单凭这短短几行字，你就不能不怦然心动，记住这种植物。

在王文彪眼中，胡杨象征着坚韧、坚守、坚持的顽强精神，这也是亿利人20多年来坚守沙漠的精神内涵。在库布其，还有很多亿利人深爱着胡杨，深爱着胡杨精神。

据说，库布其曾经生长过胡杨，因为人类不合理的砍伐和地表水量减少而绝迹。2005年，亿利成功引种了200多株胡杨，目前已经繁殖分蘖为1000多棵。2013年，亿利开始放大种植达1万株，成活率较高。

胡杨是生活在沙漠中唯一的乔木树种，它见证了中国西北干旱区走向荒漠化的过程。虽然已退缩至沙漠河岸地带，但仍然被称为沙漠的生命之魂。在沙漠中只要看到成列的或鲜或干的胡杨，就能判断那里曾经

沙漠守护神——胡杨

有水流过。

千百年来，胡杨毅然守护在边关大漠，守望着风沙，故胡杨亦被人们誉为“沙漠守护神”。胡杨对于稳定荒漠河流地带的生态平衡，防风固沙，调节绿洲气候和形成肥沃的森林土壤，具有十分重要的作用，是荒漠地区农牧业发展的天然屏障。

胡杨耐寒、耐旱、耐盐碱、抗风沙，有超强的生命力。胡杨的自我更新与扩繁能力突出，侧根发达，根蘖性极强，一棵老胡杨树可在周围萌蘖出三四百株幼树，生态和经济价值极高。南疆塔里木河流域一带，当地群众常用大径胡杨干材凿制独木船，维吾尔语称“卡盆”，是捕鱼、渡河的重要工具。胡杨木的纤维长，又是造纸的好原料，枯枝则是上等的好燃料。

胡杨林和嫩枝是荒漠区的重要饲料。树叶富含蛋白质和盐类，是牲畜越冬的上好饲料，羊最喜欢吃。在胡杨分布地区，林中每年都有大量落叶，牧民常用作羊的“冬窝子”（即冬季放牧草场）。

胡杨可以生长在高度盐渍化的土壤上，当体内盐分积累过多，胡杨能从树干的节疤和裂口处将多余的盐分自动排泄出去，形成白色或淡黄色的块状结晶，可入药，称“胡杨泪”或“梧桐泪”（因叶似梧桐叶而得名），俗称“胡杨碱”。“胡杨碱”是一种质量很高的生物碱。在新疆南部和内蒙古西部胡杨生长旺盛的地方，产量很大，采收便易，成为维吾尔族农民的一项副业生产。当地居民用来发面蒸馒头，因为胡杨碱的主要成分是小苏打。除供食用外，胡杨碱还可制肥皂，用作罗布麻脱胶、制革脱脂的原料。一棵成年大树每年能排出数十千克的盐碱，堪称“拔盐改土”的“土壤改良功臣”。

库布其沙漠胡杨

胡杨的美离不开自身的沧桑，树干干枯龟裂和扭曲，貌似枯树的树身上常常不规则地顽强伸展出璀璨金黄的生命，让大漠恶劣环境中的死亡与求生协调地表现出来。

我在亿利沙漠种植示范园，第一次看到胡杨。一棵高大胡杨，三五步外还有一棵小胡杨。高大者约六七年树龄，树皮淡灰褐色，下部条裂；萌枝细，圆形而光滑。小枝泥黄色，有短绒毛。折一小枝，咬之有咸味。长枝和幼树上的叶子呈线状披针形，边缘有很多缺口，有点像枫叶。幼树叶如柳叶，以减少水分的蒸发，这也是胡杨别名“变叶杨”“异叶杨”的原因。

遥想不久的将来，库布其出现大片胡杨林，与天高地阔的沙漠相映衬，必将是另一番大漠胜景。

高毛虎：沙漠中的老虎

今年，高毛虎承包了2000亩沙地种梭梭，准备用梭梭嫁接肉苁蓉。苁蓉具有补肾壮阳、填精补髓之神效。但得之不宜，梭梭长成需3年，嫁接苁蓉后，过三四年方能收获。物以稀为贵，收益很高，但需足够的耐心。如此漫长的等待，能否真如所愿，还未可知。

我说：“不冒险，怎么能赚大钱？”

此时，高毛虎正在锄草，他的形象与我的想象相去甚远。我对中原农民非常熟悉，我的叔伯大爷堂兄堂弟都是农民。相比而言，高毛虎虽然中等个子，看上去却更健硕憨厚，让人感到踏实而愿意接触深聊。尤其吸引我注意的是他那双手，十指短粗像老虎钳子，手掌厚大。可以想象它们握起铁锹、种下沙柳苗时的样子。

高毛虎酱紫色的大脸笑着狠狠点点头，边和我们聊天，边有一下没一下地锄草。沙漠需要绿草，但承包田里不需要，它们会掠食地下仅有的水分营养。说到种树，高毛虎脸上生动起来。每年春季库布其种植大会战，都少不了他的身影。

我生在库布其沙漠边缘，老家在沙漠另一面。那时候走沙漠需要二三天，现在去我的老家最多1小时。亿利给这里的农牧民确实带来了很好

作者与高毛虎聊种肉苁蓉

的生活条件，路通了，人们基本上不怕风沙了。我小时候出门，大人要嘱咐带多少水、多少干粮，小心迷失方向。现在，树草都成片成片生长起来，好走多了。

我去过科尔沁沙地，那里植被比这儿强一些。库布其原本是不毛之地，寸草不生，连沙蒿也没有，通过十几年绿化才到今天这样子。种树从 3 月 5 日就开始了，到 5 月 1 号左右停工。沙里面种树不像种糜子谷子，一遍就成功，秋天就收获了。这里种树要好几遍，今天种好了，3 天、5 天、10 天、8 天，心里想着种好了撤出来吧。但一夜大风刮过来，你连那个苗子都找不见，只能再种。前些年你已经种好了，一场风刮得又没了。你继续再种，什么时候种到沙柳、杨树苗子发芽了，种不成了，再收兵。

前些年经常遇到风沙突然来了的情况，这几年少了。有一次，我带着 70 多号人从羊巴线往里走，早上进去的时候是好天气，下午两三点突然来了风，除了我和另一个民工，其他人都迷失方向了。从西北方向刮来的风，他们就要顺着风往东南方向走，实际是朝着沙漠腹地去了。因为大部分人都迷向，一两个人不迷向，他们会认为人多的一方是对的。你说不过他们。我费很大力气力，甚至跪下磕头祷告说你们跟着我走吧。最后，他们决定试一试，跟着我走了 1 个多小时，瞭见沙漠边缘的树，这才相信走出来了。

那几年进沙漠只能在里边住着，水每天用骆驼或者 4×4 车拖进来，可以洗手，洗脸就很费事。早上醒来你得闭着眼睛，先把脸上的沙子倒干净才能睁开。住在沙漠里洗澡是天方夜谭，不可能的。这几年条件好一些，最起码住在里边有树的地方可以乘凉避风。路通了，住沙漠也少了，晚上可以回家。

那时候我 30 来岁，进去的时候白白净净的，出来以后就像我今天这样黑不溜秋胡子拉碴的。走进院子，儿子问："叔，你找谁？"媳妇看到我都不敢认，说："离远看感觉说话、走路像，面相上却认不出来了。"

这十几年中，我种下的树大概有 6 万亩，包括我承包下来雇人种和我一开始个人种的。种树年头越多，对树越有感情，不论哪个工长都这样。这公路两边的树是我 2003 年种起来的。2013 年我从七星湖开车回来，路边一棵树倒了，我下去看。原来是树长高了，要碰到上面的高压线，人家把它砍了。我觉得挺可惜，为什么不把它往旁边移一下呢？

如果身体允许，我想再干 10 年，65 岁以后就不干了，也干不动了。我们这个年龄段再往下，三四十岁的人还是愿意干的。在库布其栽树能解决生活费用，挣钱。我们这茬人走不动了，还有人续上来，现在二十几岁的年轻小伙可能还没把这个事儿印在心上，三四十岁的这些人可能已经有了思想准备，还得在沙漠里干他几年。只要干上，按我们农村人讲话，你栽的树越多越对它们有感情。我 2012 年栽的树，我返回来还要去看一看。

工长们也有比较。公司验收，每年谁的成活率高，谁种的好。你有什么小窍门、小技术，会相互交流，为什么他的能种活，我的种不活？通过专家的技术，再加上我们的土办法，沙漠只会逐年减少。原先这个地方是人家的灌木元，也全是黄沙丘，但从 1999 年到 2003 年，沙就退去了。2008 年黄河决口，把底下的村庄毁掉以后，我们就搬到这个地方住下。这儿原来离沙漠仅 1 公里，我在边缘开始种树，现在沙已经退出去二三公里，你说沙漠以后还会逐年增加吗？

我觉得挺自豪。你种起来这么一大片，回头看全部绿绿的，是谁也会自豪的。到五六月份，特别是长起来的小嫩苗，生怕其它东西来破坏。韩总（韩美飞）特别迷恋树、树根。凡是种树的人对树都有感情，比方说杨树，长出来以后通过沙漠刮去五六米的有，10多米的也有。碰到被风吹出来的，你还得想方设法把它埋起来，别让它死了。有病虫害我们都看，都有这种痴迷的感觉，怕树死掉。韩总那个老头子，对这个更有研究，更有感情。

我最喜欢沙漠里面的沙柳、杨树和羊柴。去年又引进了新疆大枣，将来在这么开阔的地带长起来，还是一笔收入。种梭梭我还没有经验，过一半年再看看，如果成活率高，能把苁蓉嫁接上，那就更喜欢了。今年种这个不挣钱，甚至要赔钱，但是对亿利是一个转折点。有些工头今年挣不了钱就退缩了，原来一百多人，今年就剩七八十人。我们不能退缩，赔就赔了，水冲、锹挖、铁钎子，用这几种办法种进来，到明年或者过段时间看，哪种办法好我们就推广。中国有好多沙漠，库布其的经验是最成功的。

我的女儿、儿子、儿媳、女婿都挺支持我。爸，你在沙漠种下的树咋样？我们以后咋样？我走不动你来再继续走，年轻人现在就开始练。总归是把库布其沙漠征服了，就放心了。我说的都是真心话。我的儿子现在在亿利当监工，带着一帮人研究怎么把树种好。我也是领着人植树，其实是一回事。

治理沙漠给我家带来了富裕，这个我很感激。儿子虽然大学学的煤炭专业，可毕业又回到沙漠来，这就是我的下一代对库布其的回报，我没治好的继续让他治。刚开始儿子也不愿意，要去山东沿海发展。我说你走这么远，生活习惯不同，回来跟爸治沙哇。我这个儿子挺老实，就义不容辞地回来了。现在他对治沙也有感情了，包括我的儿媳妇，她也愿意。

自从今年过来，我就有这样的想法，生活安排得挺好，是为治沙而种树，为种树而种树，总归要把沙漠绿化起来。你看现在夏天了，人们可以在路边歇脚乘凉，冬天可以在树下避避风。

“这里以前全是这种荒沙梁，如今只剩下这一片。”高毛虎指了指远处在绿野中显得格外醒目的那座起伏的沙丘。说话带着浓重的地方口音，有时候需要同行的朋友翻译。

高毛虎的新家在独贵新镇，是一排排欧式风格别墅中的一幢。很难相信，居住在这些乡间别墅的，不是我们想象中的富豪，而是当地普通的农牧民。

庭前的羊柴开满了紫色的花朵，花香弥漫。踏入客厅，装修美观质朴，沙发、电冰箱和平板彩电一样不少，与城里人没什么区别。茶几上摆了大块羊肉、炒糜子和奶茶。

高毛虎说："过去靠放养几只羊、种五六亩沙地维持全家 6 口人生活，苞米、豆子产量低，一年下来最多赚 2000 块。住的是低矮的土坯房，家里没啥值钱物什。树栽不活，沙进人退，昏天黑地的。进出沙漠没路，牧民骑骆驼，汉人拉毛驴，去几十公里外的独贵旧镇最快得一天，还必须得趁着好天气。"

20 年前，高毛虎是村里出了名的穷小子，家中一日三餐都得靠亲戚朋友接济。妻子贺改兰看他为人老实能吃苦耐劳才嫁给了他。婚后因生活所迫，他们到独贵镇上打工，正赶上亿利实施的以承包方式在沙漠地区植树造林工程，夫妇俩抱着试一试的心态承包了几千亩沙地。早晨 5 点出门，晚上 10 来点回家，一年挣钱从几千块到几万块，虽然辛苦但总算看到了生活的希望。后来，他们又在路旁种树，到黄河南岸种锁边林……这一种就是几十年，彻底改变了他们的人生。

"我把土地流转给亿利搞规模经营，承包种植 4000 亩沙漠。每年雇佣 200–300 工人，都是河南、甘肃、宁夏等地来这儿打工的。没想到我也当老板了。亿利的钱给得痛快，打工的一月能挣四五千，我也不少挣，一年十几万，在独贵特拉像我这样的有几十户。环境好了，政府在这里盖起了移民新村，我只花了 12 万就住上了小二楼别墅。"

"他就是一只沙漠中的老虎。"贺改兰快人快语，调侃中又有几分满足和欣赏，"我们家靠的是男人的脑子和手，女人的嘴巴和腿，带人种树治沙变富了。我从小饿得捡过死羊头，沙漠外面的人家来库布其沙窝子里找媳妇就跟捡牛粪一样，没人瞧得起。你看如今这脖子、手上戴的金货就值上万。过去少吃缺喝没钱花，一家男人女人常打架。现在忙着干活挣钱，小曲也唱上了。娃们念书，看病买药，再不用跑到几十里外，出门就是学校和医院。"

来库布其数日，听到高毛虎许多传说。比如他在独贵有两套小别墅，自己有几辆车。大家对他在亿利工作的儿子评价也不错，说人看上去实在肯干。

接触中的高毛虎，质朴而憨厚。我想，高毛虎妻子那句话的意思应该是：为了让家人过上幸福的生活，他在沙漠中带领 200–300 人种树种草，几十年来像老虎那样勇猛顽强地和沙漠搏斗抗争。

的确，他就是沙漠中的一只虎。

老麦：库布其沙子真干净

第一次见老麦，在他简陋的办公室。给我印象最深的是他的帽子，帽沿上有细细的沙灰，他刚从工地回来。老麦指了指办公室两排桌椅，说："我们的办公桌都是空的，人都在现场办公。"老麦办公桌上有台电脑，电脑桌面是一张他在沙漠独行的照片，很酷。乍看，还以为他是来库布其参加沙漠越野的赛车手。

老麦驾驶一辆北京吉普驶向沙漠腹地，焦师傅载着我们紧随其后。过了 20 多分钟，看到一座两三层楼高、崭新的仿古城墙，这便是七星湖园区的入口。

穿沙公路两边都是树木和草，成片的沙柳、沙枣、胡杨，还有甘草。一种像壁虎一样的动物，在沙漠很常见。它叫什么名字？明明不知道。呼波也不清楚。老麦说："沙漠里的人都叫它沙和尚。"看它圆圆的光头，光光的身子，我忍不住笑了。沙漠人既智慧又不乏幽默。沙和尚如何在沙漠里生活？吃什么喝什么？对我来说是一个谜。

继续沿穿沙公路前行，看到几头牛在草地上优哉游哉吃青草，尾巴不时挥动，驱赶蚊蝇，却不见放牧人。几十公里不见一个人，偶尔一辆小车迅疾靠近，错肩后又迅疾离开。在这种地方，看到人或者有人驾驶的小车，也会感到亲切。

想起大都市人来人往，熙熙嚷嚷，甚至摩肩接踵。库布其天高地阔，近处是满眼的绿，远处是起伏的荒沙梁，让你忍不住贪婪地深呼吸。

我们的目的地是无人区。长长的穿沙公路，似乎没有尽头。

车行一个多小时，拐了一个直角弯，是个数百平方米的水泥广场。这

技术工人老麦

片区域大概就是无人区。明明解释："治沙种树至此算告一段落，再前面就是荒漠，要穿过去还得走一百多公里。"

来到一处高高的沙山上。老麦指着远处的绿野说："那一片是老一代治沙人种的树，这一片是我们最近几年栽的。"

我问："你在这里种树有几年了？"

"四五年。第一次来正赶上种植，一连在沙漠里待了 3 个月。"

"一般人来沙漠，十天半个月、三两个月还可以。时间一长，新鲜劲儿过去了，就会受不了。待了这么长时间，你感觉怎么样？"

老麦平静地笑了笑："习惯了。"

不知为何，从这简单 3 个字中，我听出一种无奈，还有一种爱。

往回返时，经过七星湖沙漠酒店。再前行，是一段前不见村后不着店的沙漠公路。老麦突然减速，将车头冲着沙漠停下。呼波从他的车上跳下来："你俩去吧，我都进去几次了。"

抬眼向前眺望，一片稀疏的绿之后，全都是荒沙梁。我一肚子疑惑和明明坐上了老麦的车。呼波在旁边善意提醒："抓稳了，小心碰坏相机。"我牢牢抓住车厢某处，另一只手紧护相机。

发动机一阵猛烈的轰鸣，车身一震，嗖地窜了出去。沙漠无路，吉普车迅速在高高低低的沙丘、沙山间穿行。一下从沙窝底窜到沙丘顶，又从沙丘顶栽下去。人一会儿脸朝天，一会儿又面朝下俯冲。

吉普车像一头迅猛的壮牛，在沙丘、沙山间跳跃穿行。老麦一语不发，稳座驾驶室，我和明明也不说话。飞速行驶的吉普，大约走了五六公里，终于在一个略平坦的沙丘顶上停下来。

下了车，登上旁边高耸的沙山，四周绿树点缀。一座沙丘上只有孤零零的一棵树，凑近看，你会狐疑：这么松软的沙子，怎么可能突然冒出一棵沙柳呢？老麦比划着说："沙柳的枝蔓会漫延生长，越是有沙子要埋住它，它越是长得旺。"

远望，前面还有很大一片绿，稀疏但顽强。就像执着的治沙人，不退却，有韧性、坚持、坚守、有毅力。"这是我们今年的绿化区，往前还有五六公里的进深。"老麦说，"望着这些树，很有成就感。"

老麦话语中透着难以掩饰的骄傲和激动，脸色也活泛起来。

这才是真正的沙漠腹地，四周全是起伏跌宕的沙山和沙丘。"你们在里种树，不会迷路？"

老麦说："有 GPS。"

"科技真是个好东西！过去没有 GPS，咋办？"

"老的治沙人都是靠经验，比如以太阳做参照。"

老麦说，他们每年从冬天就得忙起来，开着车到处找来年适宜种植的区域。沙漠里并非什么地方都可以种植，要查看沙下面的水质。与很多沙漠不同，库布其沙漠不少区域水源丰富，用手往下挖，片刻就会挖到湿润的沙子，再继续挖，就能看到水洇出来。这里渴不死人，再深挖一点，水会慢慢洇结，不久就有一片白亮亮的水坑，等那细沙落定，就可以捧出来喝。

我们在沙山上远眺，静思，站了许久。

老麦抓起一把沙子，看着它们从自己的指缝中缓慢飘落，说："沙漠的沙子真的很干净，沙漠里能长出地道的甘草药材，长出'老味道'的瓜

库布其沙漠逐渐变绿

果，看到最美丽的星星。”

打开了话匣，和老麦的交流顺畅起来。重新坐上车回返时，我和明明不约而同说出了自己刚才的感受，他并不比我轻松。“如果车开得慢一点，是不是就会稳当一些。”

老麦大声说：“沙漠里开车就得这样快。如果慢了，滑沙就会把车轮埋住，车会从半坡翻下去。”

问老麦第一次开车进沙漠什么感觉，他说：“没啥，看别人这样开就学会了。”

如果吉普车在沙漠熄火怎么办？老麦说，一夜之间，滑沙就能把整辆车埋住。并不是因为风沙大，仅仅因为车辆自身的重量，车轮一侧下陷，使得更多的滑沙落下，逐渐将车掩埋。如果车坏在沙漠，就得赶快想办法

绿野茫茫库布其

找拖车施救。想靠几个人把车推出去，那是做白日梦。

据说，在库布其沙漠的某处，至今还埋着一辆越野车。

老麦身强力壮，肌肉丰满，形象很酷。央视来拍治沙绿化的公益片，导演一眼就相中他了。他不得不放下手中的活，和牧民张喜旺一起作为主要人物，跟着摄制组在沙漠里待了五六天。拍摄的内容没什么新奇，都是老麦平常干的活，他该咋干还咋干。几台摄像机围着他狂拍。开始老麦还有些不适应，时间久了就适应了，你拍你的，我干我的。当然，有时候导演需要老麦来个造型，老麦就来个造型。

能参加拍电视，老麦还是高兴的。给在鄂尔多斯的女朋友说了，女朋友挺羡慕，也希望有机会拍电影。老麦说，是公益片，又不是电影。不是什么人都能拍电影的，要在北京电影学院学几年，像孙红雷那样的。

等了几个月，公益片终于在中央电视台播出来。女朋友仔细看了几次，也没有看见老麦，打来电话问，你当了几天主演，怎么不见你的影子。老麦说：“你仔细瞧，有我呀！”

那个公益片我也看过，大都是牧民张喜旺的镜头特写。明明把存在手机里的公益片翻出来让我看。在张喜旺身边的，就是老麦。一张刚毅的脸，一双执着的眼睛。彼时的老麦不像生活的人物，更像艺术片中的虚构人物。十几亿的中国人或许会熟悉这张脸，但并不知道生活中的老麦，只是普通的治沙人。

跟拍了四五天，只露脸不到两秒钟，老麦并不感到遗憾。他不懂电视艺术那些玩艺儿。但老麦也成了名人了，治沙的兄弟们都认识他了，当地农牧民也认识他了。

采访韩美飞时，说起老麦，韩总一脸的满意，说：“他应聘时，问他为什么要来这里，他问答很简单，喜欢沙漠，喜欢种树。”我始终也没问老麦的中国梦是什么。我想，韩总的回答就够了。

老麦全名麦拉苏，蒙古人，麦拉苏是其蒙古族名字的音译。

老麦是亿利资源集团的一名生态工程师。

第七章

大漠人家

神仙种子

郭霞的家，就在库布其沙漠边缘。小时候印象最深的，是漫天黄沙中几个大人领着几个小孩在艰难地行走。通往学校的沙路上，没有一星半点儿绿色，映入眼帘的永远是飞舞的黄沙和被沙尘染黄的天空。

“那时候，我认为世界就是无尽的沙漠，世界的颜色就是黄色的！”郭霞说。

春去秋来，郭霞在一天天长大。不知从何时起，她发现家乡的风刮得次数一年少过一年，就连她天天上学的路边，也渐渐长起一些绿色植物。

“这些绿草绿树是从哪里来的？”郭霞好奇地问。

村里的老人说：“是下雨天从天上掉下来的神仙种子！”

年幼的郭霞相信了。小脑瓜里充满了浪漫的想象：漂亮的七仙女提着花篮在空中一边飞翔，一边向沙漠撒种子。种子飘呀飘呀，落在无垠的沙漠。一场春雨过后，沙漠里就长出了片片绿芽。绿芽一直向远方延深，整个库布其沙漠都变成了绿色的海洋。

小学四年级时，学校上空突然传来轰鸣声，连正在讲课的老师也忍不住向天空望去。那是一架大飞机，机身上写着红色的大字，由于飞得太高，看不清楚写些什么。飞机经过事件，在乡村小学里轰动了好一阵，许久后还被同学们津津乐道。

一天，村里来了几个年轻人，挨家挨户问有没有人愿意去沙漠播撒草籽，并说有钱赚。开始的时候村民都有点犹豫，后来几个胆大的人跟着去了，干了几天后回来，兜里果真多了几张绿色钞票（50元面值）。在那时，除非是秋收时能见上这么大额钞票，平时哪能见到呀，大家纷纷都围过去问长问短。

亿利资源飞播，为库布其沙漠增绿

他们眉开眼笑绘声绘色地向左邻右舍讲述发生的事情。村里人恍然明白，近年路边长出来的草都是这个公司的人用飞机播种的。也就从那时起，人们对亿利企业有了印象，知道他们是在为农民办好事。更多人动了心，说下次有机会一定同去。那些年轻人再来时，就有村民乐颠颠地围上去。

初中二年级，学校通知周末去种树。同学们觉得很新鲜，所以都很积极。徒步走了 10 多公里，终于到达目的地，这里是位于学校南面的沙漠，四周没有水源，也没有植被。

老师说："我们今天的任务是种树，亿利企业的树，其实主要是为造福我们家乡的父老乡亲而种的，为让这可怕的沙漠停下脚步而种的。同学们，有希望就会有收获，一个企业可以为家乡父老种树，作为家乡的一员，我们更要种下希望之树，与沙漠作斗争。"

老师的鼓励让郭霞和她的同学们投入到了种树热潮中，他们比着看谁种得多，种得好。也就是从那时起，亿利企业造福人民的思想深深烙在他们心中。

老师接着说："有了树和草，沙漠里就了绿色。有了绿色，漫天的黄沙就会停下肆虐的脚步，再不能影响村里人的生活和耕作。"

郭霞已经懵懂地理解了：因为风沙导致家乡农作物年年都没什么收成。乡亲们靠的就是一年地里那微薄的收入维持日常生活，连个打零工的地方都没有。有好多家庭因为没有学费，孩子没有上学，好多的同龄人至今还是文盲。

初三那一年，郭霞听老师和乡亲们纷纷传说，亿利为大家做了一件大好事——修筑了一条由独贵塔拉途经盐海子，最后通往杭锦旗的穿沙公路。从此，他们可以方便地去独贵塔拉镇，甚至更远的杭锦旗。郭霞觉得，一个更大的世界展现在她面前。

2011年，亿利东方学校建起来的时候，郭霞和那些能够上学的孩子一样的感动，一样的高兴。她似乎看见了十几年前的自己，看到了这片沙漠的希望。

十几年后，坐在我面前的郭霞，已经是一位成熟、稳重、大方的职业女性。言谈举止温文尔雅，说起童年往事，声音不大，但条理清晰，字字句句满含真情。

现在的郭霞拥有一个幸福的家庭，有一个可爱的孩子。她不无骄傲地说："如今，我也成了亿利这个大家庭的一员，我热爱这个温暖的家，我为自己是一名亿利人自豪，我的乡亲父老对这个家庭的朴实无华更是充满崇敬之意。"

也许有过艰苦的童年经历，郭霞成了一位热心的志愿者，更愿意去帮助仍处在贫困家庭中的孩子。如果说郭霞是沙漠里的一棵树，她不但靠自己的枝叶阻挡库布其的风沙，还把阴凉送给沙漠里需要帮助的孩子。

身为土生土长本地人的郭霞，熟悉库布其的每一条穿沙道路，每一座沙丘，每一片树林和草地。她显得自由而快乐，热情地给我们介绍库布其的小镇和村庄，还带着我们去看由亿利资助的贫困家庭的孩子……

"保持微笑，给寂寞的人一些依靠。"这是郭霞QQ的备注。

沙漠牧民新村变奏曲

2014 年的一天，王文彪和几个同事来到七星湖畔的一处旅游景点。沙梁低缓起伏，顾客三五成群。一个扎羊角辫、眉心点了红痣的小女孩骑在骆驼上，咯咯笑得前仰后合。旁边年轻的母亲举着相机为她留下幸福的纪念。

一位拉着骆驼正招揽顾客的小伙从王文彪面前走过。王文彪兴致勃勃地问："老乡，骑一次骆驼多少钱？"

"100 块。"

"啊？要得太狠了吧。你把这个骆驼卖了也不值 500 块钱，我骑一次你就要 100 块。"王文彪有意逗骆驼的主人。

"你随便问一问，都是这个价儿。我不会多要你的。"小伙子认真地说。

王文彪扭身对尹成国说："还说我们的牧民不会赚钱，我看赚得挺狠的。"

尹成国故意冷冷地说："你应该知道他们为什么这么会赚钱。"

沙漠牧民新村的欢乐生活

“为什么？”

“这可全都是让你给培训的，当初——”

王文彪恍然大悟：开始搞旅游的时候，他专门配了一个管委会。管委会把沙漠牧民新村的牧民领到北京，住北京饭店，到长城周边大的旅游景点参观考察，让大家学习如何掏游客的腰包。

——原来这主意还是自己出的。王文彪点点头：“看他们还是挺来劲的。”

尹成国：“你这个速成班效果很好啊。”

王文彪呵呵大笑。

沙漠牧民新村是一个位于沙漠腹地的奇特村庄。共 36 户人家，每家前院住人，后院搞经营。不同人家经营的项目不同，开微型超市的，开住宿宾馆的，开饭店的。也有人专门养着骆驼，供游客骑游。

新村有横竖几条大道，可并排行驶数辆车。因为新建不久，看不到枝繁叶茂的大树，倒是与四周的沙漠很般配。没有绿树如茵，不免有些小小遗憾。也许七八年后，会有大树长成，这沙漠里的村庄定会有另一番景致。

走进路边一家“大漠人家”饭店。迎接我们的是一位 30 多岁的妇人，肤色润白，毫无沙漠女人长期裸露在阳光下的酱红色，倒更像大城市里生活优越的女老板，从容、优雅、淡定。一个中年汉子撩开帘子进来转了一圈，又出去了，看样子像是男老板，身材高大，皮肤酱红，很有沙漠汉子的特征。

餐厅百余平米，竟然有个微型 KTV 歌台。架子鼓、吉它、马头琴一应俱全。微熏时，上去吼一嗓子，“掀起你的盖头来，让我来看看你的脸……”倒也惬意。

紧邻歌台的是一个超大型饭桌，围坐 20 人绰绰有余。旁边另有大小不一三四张饭桌，或坐 10 余人，或坐三五人。一面墙上挂着成吉思汗烙铁画像，牛皮纸，精线条勾勒，能感到蒙古人的粗犷与强悍。

临门的墙上，镜框里是一幅放大的照片，居中是国务院副总理王岐山，旁边有王文彪等人陪同。前排左右是身着蒙古族衣服的牧民，应该是“大漠人家”饭店的店主一家。

我抽空去新村一家超市转了转，主要是方便食品及一些旅途用品。

沙漠牧民新村里的牧家乐

汪吉拉，沙漠牧民新村村委会主任。第一次邂逅他，是在蒋有则副局长的办公室。他拎着一包种子和一把树苗来找蒋有则，俩人旁若无人地用土语叽咕半晌。我猜测是辨别种子、树苗的优劣以及未来长势。

汪吉拉见过沙漠牧民新村没有治理前的模样，说："这个地方太荒凉落后了。2000 年左右对于大规模绿化沙漠，持反对意见的大有人在，他们认为谁都成功不了。""当时牧民也不理解，有抵触情绪。""不要捣鬼，牧民最反感捣鬼。"

汪吉拉到牧民家里跟他们做朋友，一次不行两次。平时和他们交心，慢慢地交流。"农牧民很纯朴也很讲究实际。他们出地也好，给亿利打工也好，都有收入了，收入提高了，得到实惠以后就会支持你的工作。"

与亿利合作，牧民以沙地入股。入股有两种形式：第一种是把自已的沙地一次性转让给亿利；第二种是只转让 30 年，到期后再根据情况决定是否续约。

"如果遇到像在城里的钉子户，跟他做工作都不同意，怎么也不配合，就得想办法找政府部门支持。当然，也会找他的亲戚朋友，通过各种渠道做工作，一点一点攻克。”汪吉拉说着挠了挠头，和农牧民打交道并不容易。

“他们老觉得自己没文化，就怕有文化有能力的人去忽悠他们。2012 年我们开政、企、牧民座谈会。牧民又怀疑了，是不是又忽悠我们，又不知道让我们办什么事，把所有的都给他们介绍清楚后，行了，挺好的。”

汪吉拉补充说：“过去牧民们祖祖辈辈生活在沙漠里，他们不想离开，也不明白为什么要离开。现在牧民感谢亿利，也明白离不开亿利。没有亿利，他们便没有生存之地。”

如果有机会走进沙漠牧民新村，你还会耳闻目睹更多新村牧民的真实故事。

新村有不少人家搞起了“牧家乐”。整洁的房间打扫得干干净净，客厅里造型时尚的沙发、色彩明快的茶几、电视一应俱全。厨房用的是整体厨柜，还有专门用来吃饭的饭厅，餐桌用田园风格的碎花桌布装点，俨然就是城市家庭的摆设。

“我们对文彪董事长非常感激，是他让我们的生活和思想都发生了很大的变化。”不少牧民发自内心地感谢。

牧民格什道格陶，这个在库布其沙漠生活了 50 年的“生态难民”，做梦也没想到，自己这辈子还能过上城里人的生活。2006 年 7 月，格什道格陶和另外分散居住在库布其沙漠深处的 35 户牧民，没花一分钱，喜滋滋地搬进了亿利投资 2000 多万元兴建的沙漠牧民新村。格什道格陶用自己的荒沙废地使用权入股亿利，成为企业的股民。他每年都参与沙漠治理，成为企业的生态工人。在企业为他建的半亩大棚中种植蔬菜，成为菜农。他还在企业为自己建好的标准化棚圈中养羊养牛。2013 年，格什道格陶刚买了一辆小汽车。

格什道格陶说：“来旅行的朋友说吃这里羊肉蔬菜很香很新鲜，因为我们不打农药，不用化肥，原始养殖，所以很香很好吃。”

布仁巴雅尔一家四口，以前全家靠放牧、挖甘草为生，一年收入 1 万元左右。后来他开始牵着自己的骆驼在七星湖景区搞旅游，年收入 5 万多。此外，他家每月每人还有 350 元的政府补助。布仁家里买了价值 12 万的现代悦动小轿车，还有 100 多万存款。

富起来的牧民跳起了欢快的安代舞

布仁巴雅尔说："以前买东西，骑着骆驼去独贵特拉镇，来回要 2 天，现在开车来回 2 个小时。女儿大学学的是旅游，毕业后也要在库布其七星酒店工作，儿子还在上大学。"

骆驼对于他们来说，不再是交通工具，而是赚钱的工具。布仁每天和妻子看着自家的 5 头骆驼，轻轻松松挣钱。五一期间，每天旅游收入 3000 多元。旅游淡季，布仁就在景区干活挣工资，一年四季都有钱赚。

朱来，汉族，现在亿利七星湖景区做环卫工作，每个月工资 2500 元。老朱说，自己的这份工作很轻松，负责在景区把游客扔的垃圾捡起来。现在游客素质高了，自己轻松得很。以前住的是摇摇欲坠的平房，现在他住在独贵特拉镇一套 200 平米的二层小别墅里，这幢房子政府给补助 9 万，自己花了 11 万。家里还买了车。

“镇里大部分人都在为亿利工作，包工的、打工的，还有搞旅游的，镇子里有钱的人很多，存款100多万的多得是，老百姓很满意现在的生活。”朱来说。

22 岁的傲日格勒，是一个典型的蒙古族小伙子，因为常年在景区为游人牵骆驼，晒得黝黑。他家四口人，哥哥在外地上班，父母和他看着家里的十几头骆驼在七星湖景区搞旅游。五一期间，最多的时候一天赚了 1 万多。他觉得自己赚钱还不够多，准备背靠亿利这棵大树赚更多的钱。

除了本地的牧民，还有一些外地的老百姓也在此生活。46 岁的贾红娟来自山西郓城侯马镇，一家三口都在景区工作。她目前是七星湖酒店的环卫工，一个月挣 2000 多元。丈夫在景区做绿化，每月也能挣 2000 多，女儿在七星湖沙漠酒店做服务员。

“以前去过很多地方，因为没什么特长，总干不长，收入也低。现在公司管吃管住，工作也轻松。今年回家过年，准备把村里其他人也叫过来。”贾红娟很开心。

斯仁巴布，蒙古族，36 岁，是沙漠牧民新村的一位居民。以前和父母一起住在天鹅湖畔沙窝子里，没电、没路、手机也没信号，当然也看不了电视。有钱的人家可以风力发电，没钱的人家只能点蜡烛。离沙漠外有 40 公里，上学骑骆驼到什拉召才有路，然后骑着寄存在那里的自行车到学校。牧民们还得再走 10 公里才能到独贵特拉镇，买的生活物品要雇车拉回什拉召，再骑骆驼回家，往返得二三天。他以放羊养牛为生，辛辛苦苦一年，收入也就几千元。

亿利建了沙漠牧民新村后，他们一家住进了宽敞的新家，用上了自来水，手机有信号了，也能看电视了，门前还有平坦的柏油路。一开始，斯仁巴布不愿搬离自家的土房子，故土难离，他担心搬家后，自家的羊和骆驼无处安置。后来景区内搞起旅游，他利用自家的新房，一半自住，另一半接待游客，又在院内搭建了两个蒙古包，开起“草原欢迎你”“牧家乐”，吃、住、玩一体。同时他还在景区承包了两辆沙漠冲浪车，现在年收入达几十万元，和城市里的金领不相上下。

斯仁巴布从别人手里转租的两辆沙漠冲浪车，年租金是 4 万，而他五一期间几天的时间，就把一年的租金赚回来了。4 月到 10 月中旬，是七星湖景区的旅游旺季，开冲浪车这一项的年收入就是十几万，餐饮住宿一年收入十几万。2 月到 3 月旅游淡季时，他就为亿利做生态绿化，包些工，还会有几万至十几万不等的收入。同时，他以土地入股，每年还会从亿利得到几万元的分红。

院子里放着斯仁巴布买的两辆车，一辆面包，一辆现代 SUV，靠骆驼和骑马出行的时代一去不复返了。他的母亲和岳母靠在车边悠闲地聊天，57 岁的母亲脸上洋溢着幸福："以前大部分时间都是放牧，一年到头闲不住。现在日子好了，也不用太忙活了，就帮孩子看看家。"

不忙的时候，斯仁巴布就带着家人去旅游。孩子 9 月份该上小学了，斯仁巴布准备把他送到亿利东方学校，"那里吃住免费，校园建设的好，老师都是全国各地招来的优秀人才，孩子在那里上学，放心。"

颇有生意头脑的斯仁巴布，还在琢磨着上些好的项目，继续投资。

第八章

为了沙漠的明天

苦孩子

大片的盐碱地，不长庄稼，长草。所以，有羊群，间或看到三两头脏兮兮瘦骨嶙峋的牛。

郭霞说，春天时，这里会被水淹没，变成一大片汪洋。

村庄不是数百成千户连成一片，鸡犬相闻，隔墙对谈。只有并排两户，共用一面山墙，猜测是有血缘关系的。我们赶到时，3个孩子正在院里嬉闹。说是院子，却几乎没有院墙。曾经是有过的，天长日久，倒塌了大半。只有凸凸的几处土堆，向陌生来者证明，它曾经是一堵墙。（或许，更因为它主人的没有心思打理而破败吧。）

一棵大树，一搂粗细，枝繁叶茂。让人感觉到这里还有生命的力量。

孩子们看到有轿车来，嘻嘻哈哈你推我拥进屋去。片刻，一位五六十岁的大妈走出来，粗布棉衣，人倒清爽干净，依稀看得出年轻时的眉眼。大妈认出郭霞，热情地把我们往屋里引。

这是两间房，堂屋很杂乱，一张大床似乎很久不曾睡人，床上堆着一些家什。醒目的一具根雕，那崎岖嶙峋的外形，像极了千年胡杨。艺术出现在这样的家庭，让人感到意外。大妈解释了一句，大家都没太听清楚，好像是亲戚送来的。不知这位亲戚送他们根雕是什么意愿？让他们欣赏吗？

东间里屋倒还干净。一张大炕，叠着薄被褥。炕头扔着几本孩子的拼音图画书。一扇大玻璃窗，一角的玻璃已经有了裂纹。临窗摆着一张桌子，放着小学生的书包。

郭霞说：“我们是来看孟祥（化名）的。”

大妈便把3个孩子中的1个男孩拉过来。七八岁模样，清瘦，清秀，面目白净，看得出家人的用心呵护。大妈疼爱地捋了捋他的发梢，说："过了暑假，再开学该读小学二年级了。"

旁边仍然嘻嘻且怯怯而好奇地窥望我们的，一个是大妈二儿子的孩子，一个是同村人家的小闺女。

幸福的家庭都是相似的，不幸的家庭各有各的不幸。郭霞带我们来看望的小男孩孟祥，现在和爷爷奶奶同住。他的父亲 7 年前去逝，母亲不堪打击，索性一走了之。孩子等同于孤儿。

说起旧事，大妈忍不住声音哽噎。让一位失去儿子的母亲，回忆儿子殒命的往事是残忍的。从郭霞口中，我约略知道一些细节。

大妈的儿子一家三口，原来在鄂尔多斯打工。孟祥一两岁时，爸爸回老家帮家人收割庄稼，开的小车被一辆大车挂了，死于非命。原本幸福的小家庭就此分崩离析。年轻的妻子无法接受现实，狠心回了甘肃老家，把小孟祥丢给了年迈的爷爷奶奶。

晚上，和奶奶躺在床上，孟祥问："奶奶，你知道我在想什么吗？"

"在想老师和同学，在想做的作业。"

孟祥伏在奶奶耳边说："我在想爸爸。"

奶奶的心如被针扎一般，但她不能有丝毫表现。

自从孟祥爸爸去逝后，爷爷奶奶一直瞒着他，说："你爸爸出国工作了，人家不让回来。"

这个谎一撒就是五六年，两位老人不知道还要撒到何时。终有一天，孟祥会突然明白，他的父亲再也回不来了。

"孟祥在亿利东方学校读书，吃喝住都是免费的，一周回来一次。"大妈说，"多亏了亿利，不然孩子哪有钱上学啊！"

让孟祥伤感的是，每到星期五放学，同学都有爸爸妈妈去接，为什么自己的爸爸从来不来接一次。

大妈说，他们曾带着孩子去甘肃找妈妈。妈妈已经重新组成了家庭，有了孩子。孟祥似乎明白什么，从不愿在人面前谈妈妈。

孟祥慢慢长大，总会理解：爷爷奶奶只是不想让年幼的孙子承受失去父亲的痛苦，所以才一直不告诉他真相。

我们并没有见到孟祥的爷爷。大妈说："他生病了，一大早就去独贵医院输液去了。”

郭霞说，奶奶的身体尚可，爷爷的身体这两年衰老得很明显，或多或少与老年丧子有关。

时近中午，大妈要挽留我们吃饭。我们坚持要走。大妈过意不去，到院中几垄菜地里摘了几个黄瓜，用桶水洗了，硬塞到我们手里。

猛然想起儿时外婆，也是这样摘了西红柿给我。吃一口黄瓜，原汁原味，脆嫩爽口。看我们吃得痛快，大妈露出一脸满足的笑。

车行出老远，大妈拉着孟祥还站在院门口向我们挥手。

不幸或幸运的孩子们

郭霞手上有一份“爱心助学”名单，记录的全是库布其需要帮助的家庭和孩子。

我们本打算去看望“双百王”郝敏（化名）的。他的父母离异，父亲出走至今未回。母亲不愿意带孩子，郝敏一直由爷爷奶奶抚养。爷爷奶奶则因家庭困难，至今未交养老保险。郝敏学习成绩优异，被称为班级里的“双百王”。

因为郝敏去了外地，只好取消。

在独贵，我听到更多沙漠里孩子的故事：

王佳，16 岁，亿利东方学校初中三年级的学生，家住独贵特拉镇杭锦淖尔村，在村里的小学读到三年级时，转到镇上的学校上学。在她读初二时，黄河决堤，镇子里的学校被冲垮了。

2010 年，王佳和大部分同学高高兴兴地转到亿利东方学校。

“以前的学校很破，最怕上体育课，我一跑步就会摔倒，因为跑道上面都是小石子，一不留神就滑倒了，每次跑步都要全神贯注。到新学校后，上体育课再也没摔倒过，因为操场上是塑胶跑道。”王佳说，“以前在学校上课，一刮风，满校园都是黄沙，睁不开眼睛，现在虽然也有风，但我们所有的活动都在教学楼里，再也不怕沙尘暴了。”

“以前吃饭和住宿都要自己花钱，开学就要交一两千元。很多同学容易得肠胃炎，因为饭菜不太干净。在亿利学校，我们吃饭、住宿都不花钱，

亿利东方学校的孩子充满对知识的渴望

住宿条件比以前好很多，吃的也非常好，六菜一汤，同学们也不再生病了。”

有很多转到杭锦旗六中的同学对王佳说：“真后悔转学了，这个学校多好啊，比我们吃得好、住得好、玩得好。”

王佳的近期愿望是考进鄂尔多斯市一中，那是市里最好的中学。对于高中毕业之后的打算，王佳说，她希望能考上国内一流的大学，毕业以后回来建设家乡。

亿利党员扶助贫困家庭活动开展以来，已经帮扶了沙漠里数十个家庭和他们的孩子。王佳是幸福的。孟祥、郝敏虽然身世可怜，但他们也是幸运的，因为有亿利的叔叔阿姨，有老师在呵护着他们，关注着他们的成长。

忽然，又想起王文彪的那句话：“企业的事要做，老百姓的事也要做。”这大概就是社会学家们所说企业家的社会责任吧。

邂逅亿利东方学校

裹挟着硕大冰块的洪水，像失控的怪兽，淹没了庄稼，吞没了大树，冲毁了高墙麦垛，从门缝和窗户闯进来。很多人还在睡梦中，猛然睁眼却发现床已浸泡在满是冰凌和杂物的混浊污水中，住了几十年的房屋摇摇欲坠。

灾难不期而至。惊呼声，痛哭声，奔跑声，鸡飞狗跳声……所有人都不知所措。苍天啊，到底发生了什么事儿？这大水从何而来？

2008 年 3 月 20 日，黄河杭锦旗奎素段溃堤了。河水夹杂着大小冰块滚滚而来，势不可挡。独贵特拉和杭锦淖尔遭遇几十年来范围最广、最严重的一次凌汛，受灾群众 1 万多人，房屋被淹、交通中断、缺水断电、食宿困难。

凌汛俗称冰排，是冰凌对水流产生阻力而引起的江河水位明显上涨的水文现象，可能引起冰塞、冰坝等使得河流水位骤涨，最终使堤防溃决，洪水泛滥成灾。因为黄河特殊的流向特点，在山西陕西之间流向朝北，冬去春来，南部河段天气转暖更快时，该流域的下游由于地处更北地区，尚未转暖，冰面尚未解冻，造成了凌汛的发生。

受灾地区就处于亿利历经 10 多年治理的库布其沙漠北端。王文彪闻迅而动，派出两位高管一大早就赶到灾区。眼前的场景让他们震惊：洪水四处漫延。三月的北方依然寒冷，村庄被毁，房屋倒塌，年迈的老人裹着单薄的被褥，声嘶力竭哭号的孩子在冷风中冻得瑟瑟发抖。

王文彪下令：开放七星湖旅游住宅区，砍掉暖棚里的蔬菜，供受灾群众保温取暖和住宿。

一位高管迟疑着说：“王总，这样做不合适吧——”

王文彪两眼一瞪，说：“什么才叫合适？你能忍心看着他们挨饿受冻？”

王文彪成了受灾现场的临时指挥员，他调运各种食品和生产生活物资，让七星湖旅游区所有餐厅，为救灾工作人员，特别是受灾群众免费提供饮食服务，每天为上千名群众提供饭菜。2900 多件防寒衣物，3000 多双防寒鞋，1000 件应急药品、方便面、矿泉水、面包等，及时送到了受灾群众的手里。

欢快的课外活动

“谢谢王总，谢谢亿利公司。”一位头发花白的大爷热泪盈眶地从王文彪手中接过防寒衣和防寒鞋。

“应该的，应该的！”这是王文彪那天说得最多的话。

杭锦淖尔村的王佳同学，冒险跑到独贵塔拉镇上。学校被冲垮了，破旧的桌椅在污浊的冰水中东倒西歪。一本残破的书漂至他面前，他弯腰捡起，上面的字已经模糊不清。

“没有了学校，我可怎么上学啊！”王佳忍不住抹起了眼泪。

一双有力的手搭在他瘦小的肩膀上：“孩子别哭，学校垮了，咱们就再建一所。”

王佳扭回头，看到了身材高大魁伟的王文彪。

洪水退去后，好几所学校已经不能再使用。为了尽一份对家乡父老的感恩之心，为了让家乡的孩子上个好学校，王文彪毅然决定捐资，帮助灾区重建学校。

2008 年 7 月开工，2009 年 7 投入使用。学校建成后，王文彪又带头各捐资五万元为学校图书馆购买图书。如今，学校图书馆先后受捐百万元，藏书十万多册，是中国西部同类学校中书类最齐全、最大的图书馆。

这就是方圆百里闻名的亿利东方学校。它是由亿利资源集团捐巨资专门为沙漠牧民子弟建设的一所集幼儿园、小学、初中、高级技师学校和农牧民党校为一体的现代化学校。总占地面积 90000 平方米，建筑面积 2.9 万平方米。拥有现代化教育综合办公楼、实验楼、宿舍楼及标准化操场，教学设施一应俱全，硬件建设达到了国内一流水平。

亿利东方学校最大的特色是一站式教育机制，在这里可以完成沙漠人从出生到就业的链条式教育：高水平的幼儿教育，独具创新意义的中小学教育，专业高级技师的培养，寓党建与惠民为一身的农牧民技能培训。

目前，学校设有幼儿班 8 个，小学教学班 12 个，初中教学班 7 个，教职工师生近 1300 人。“亿利东方学校”寓意为“希望”。这里的孩子、老师、农牧民人人都有美好的希望，人人都有美丽的梦想，这里正成为沙漠人的中国梦工厂。

早晨，在独贵新村跑步，我无意中抬头，看到与一排排洋房一路之隔的亿利东方学校。气派的教学大楼，校园内鲜花盛开，宽阔的操场，跑道是国际化的塑胶跑道。我好奇地折身进去。

校园内各类建筑采用鱼骨式布局，用连廊将各楼连通，实现了在恶劣气候条件下学生可以不出室外到达学校各主要功能区。设计理念先进，规划科学，功能齐全，环境优美，安全舒适。正诧异时，从教学楼走出一对祖孙。大妈五六十岁，身板硬朗。小孙子七八岁，虎头虎脑。

大妈是一个见面熟，没等我多问，就先打开了话匣。“这里的老师收入可不低。亿利肯花大价钱，在全国范围内聘请最好的老师，最高一年能挣 50 万元，我这辈子也赚不到这么多钱。亿利每年还拿出上百万元，给每个孩子和老师免费提供一日三餐、衣服和住宿，免除了家长的后顾之忧……”

大妈说起来滔滔不绝，我忍不住笑问：“大妈，你怎么对学校这么了解啊？”

“我就住在这儿，旁边那座别墅楼是我家。我孙子就在学校上学，我能不把它摸得透透的吗？”大妈说，“王总我见过，还和他握过手哩。一个大好人，看面相就厚道可靠，没一点架子。你说，这样的人领导的企业，老百姓能不欢迎？”

“当然，当然。王总是一位有社会责任感的企业家。”

“我认识学校的校长，如果没有放暑假，可以带你去和他聊聊，他知道得比我还多。”

如果说治沙绿化给库布其今天的生活带来巨变，那么明天的希望则可能来自亿利东方学校。要想在未来真正成为沙漠的主人，还得依靠这些沙漠里的孩子。

因为，他们是未来的主人。

第九章

治沙记（续）

向沙漠腹地进军

黄河锁边林种完后，员工们觉得不用再大规模种树了，王总也对得起沙漠里的百姓了，对家乡父老也有了一个交代。大家终于可以松一口气，安心企业的生产经营了。但是，出乎所有人意料，王文彪又提出“向沙漠腹地进军”，要求企业到沙漠腹地种树绿化。

——这注定是一场艰苦卓绝而又漫长的战争。

2006 年，春季种植大会战。

阿扎是吉日嘎朗图项目区的一名工人。这一天，他和项目区其他 49 名工人和监理人员在沙漠腹地种植，没想到会遭到沙尘暴的突然袭击。

风刮来的方向，有黑色的风沙墙快速移动，越来越近。远看风沙墙高耸如山，很像一道城墙，这是沙尘暴到来的前锋。

漫天昏黑。强沙尘暴发生时由于刮起 8 级以上大风，风力非常大，能将石头和沙土卷起。随着飞到空中的沙尘越来越多，浓密的沙尘铺天盖地，遮住了阳光，使人在一段时间内看不见任何东西，就像身处夜晚一般。

翻滚冲腾。刮黑风时，空气携带大量沙尘，上下翻滚不息，形成无数大小不一的沙尘团，在空中交汇冲腾。

流光溢彩。风沙墙的上层常呈黄至红色，中层呈灰黑色，下层为黑色。上层发黄发红，是由于上层的沙尘稀薄，颗粒细薄，阳光几乎能穿过沙尘射下来。下层沙尘浓度大，颗粒粗，阳光几乎全被沙尘吸收或散射，所以发黑。

风沙墙移过的地方，天色时亮时暗，不断变化。这是由于光线穿过厚薄不一、浓稀也不一致的沙尘带时所造成的。

吉日嘎朗图项目区的 50 名工人和监理人员，在沙漠腹地迷失了方向。

没有通讯，没有踪迹。这骇人的消息震惊了亿利公司上上下下。

“动用我们在沙漠里可以动用的一切手段和办法，一定要找到他们。”王文彪立即下命令。这些都是亲如手足的兄弟，无论是谁有什么闪失，他都无法向他们的亲人交待。

经过一天艰辛的寻找，终于在沙漠腹地的一个巨大沙丘的背风湾找到了他们。“那个场面很可怕。” 至今阿扎回忆起来，仍心有余悸。

王文彪治沙的决心，不会因为沙尘暴而止步，相反更激起了他的斗志。他投入更大的资金，调动更多的人力、物力和技术。在中国的北方，在库布其，这场旷日持久的战争从来没有停息过。

纵横交错的穿沙公路

数百年的沙进人退，不知不觉发生了大逆转，变成了人进沙退。

荒漠退去，绿洲呈现。

在20多年的治沙实践中，库布其绿化的面积已经有6000多平方公里，相当于7个新加坡国土那么大。库布其沙漠一共有1.86万平方公里，王文彪未来的规划，是5年内绿化的总面积要达到1万平方公里。

“库布其绿化面积应该在60%、70%，这个我们做过测算。”王文彪胸有成竹，“整个库布其沙漠的绿化，应该说是通过三大途径来实现的。第一，通过修路绿化的方式，形成一种路、电、水、讯、网和绿六位一体的种植模式，路通了，电要跟上，水要跟上，然后把网格扎下去，然后用飞机进行机械化播种；第二，在沙漠的四周搞锁边林工程，就是本着锁住四周再渗透腹部的方法进行绿化；第三，通过生态移民和机械化作业，进行沙漠腹部生态修复工程。”

亿利集团上下都知道王总要跟沙漠较劲，是一个种树迷。虽然不很理解，但再没人站出来反对。他的开始或许是无意识的。从保护盐海湖田，到保护一条穿沙公路。当王文彪谋划种植黄河锁边林时，一场大规模有计划的治沙活动才真正拉开序幕。

王文彪说：“在1997年以前，我们搞沙漠治理，叫小打小闹保卫小家园。但是徒劳的，搞了那么多年，搞了专门的组织，不行，难以和大漠抗争。后来，我们发现必须要规模化，形成一种集群效应、规模效应，才能使人与沙漠和谐、人与自然和谐。现在，我觉得沙漠生态成为一种很美丽的景观。当然，我们不可能把沙全部覆盖了，这也不现实。我们主要做到遏制荒漠化，使人与自然实现和谐就很好。我们有一个小机场，有两架飞机。天气预报说最近要有雨，它们就出动飞播。这样才能实现机械化、规模化播种，形成规模化的生态体系，产生整体生态效应。”

王文彪开玩笑地说：“我们企业不大，但是我们一个小企业却绿化了一座沙漠，治理了一座沙漠，是了不起的。”

这是一盘很大的棋。下这盘棋，需要坚韧、坚守、坚持，需要不怕困难坎坷的精神。可能会度过无数个不眠之夜，流血流汗。它将会需要几年、几十年，需要一代人、两代人，甚至几代人。

现在，这盘棋只是刚刚见到成效。

生态修复：科技的力量

从种树种草到生态修复，科技的力量越来越多地应用到治沙行动中。对技术人才的重视和引进，已经成为王文彪运筹帷幄、决胜千里的重中之重。

如果说高毛虎、陈喜旺是靠双手治沙的第一代治沙人，那么陈步宁、王欣、周丽萍就是通过科技手段完成沙漠生态修复的新一代治沙人。在库布其，还有一大批专业人员，因治沙从五湖四海走到北疆，因共同的事业而携起手来。

2011 年，由亿利资源牵头，联合万达、泛海、均瑶等国内外知名企业，按照“功能化布局、多元化投资、一体化建设、专业化管理”的模式，共同打造沙漠生态环保材料、乙二醇、炭基生物肥料、太阳能发电、装备制造等循环产业。该园区有以下三个特点：最大限度地利用了沙漠资源；最大限度地实现了资源的循环利用；所有产出均为绿色、环保、生态、健康的产品……

这是我在库布其独贵塔拉镇亿利资源沙漠生态产业园入口处看到的文字，旁边还配有产业链示意图。从原始材料进入，到产成品完成、废物再次循环利用等流程，一览无余。朋友告诉我，亿利资源沙漠生态产业园从设计到施工投产，整个项目的技术负责人都是陈步宁。

不惜一切，引进人才

陈步宁是典型的南方人，不高大魁伟，宽阔的额头透着十二分聪明与智慧。祖籍湖南岳阳的陈步宁，在中石化干了 18 年，其中 4 年被派到壳牌公司。壳牌的这家中国公司就在岳阳，陈步宁在岳阳工作生活了近 40 年，对当地环境非常熟悉，甚至他走错路都能碰到自己的同学。

在壳牌工作的第 3 年，中海油的一位湖南老乡向陈步宁伸出橄榄枝，希望他去挑起煤化工的重担。陈步宁在壳牌一直在做煤气化，是国内第一批做大型煤气化的顶尖人物。陈步宁去任职技术总监的那家中海油公司——中海化学，在香港上市，是国内做肥料的第一品牌，每年赢利二三十个亿。后来，陈步宁被调到北京。就在此时，他被猎头公司盯上了。

猎头公司不厌其烦地打电话约陈步宁，然后是亿利人力资源总监郭维亮和他聊：“兄弟，你来不来都没关系，我们先做个朋友。”面聊了几次，他仍没动心。最后，郭维亮说：“你还是见一见我们王总吧。”

第一次见到王文彪，两人的交流坦诚而自然，王文彪介绍了自己的经历，陈步宁也介绍了自己的经历。王文彪给他的印象非常好。“他是那么著名的人物，跟我聊天很诚恳实在。我们聊得很开心，觉得彼此心很近。”陈步宁说，“他很朴实，朴实的东西最有说服力。”

与王文彪聊过之后，陈步宁下定决心加入亿利。将近两年的时间，对早已年过不惑的陈步宁来说，是固守还是离开，是安于现状还是面对人生新挑战，一直困扰着他。最终，亿利的诚意和对行业的信心打动了他，他决定给自己一个崭新的舞台，重新出发。

2012 年 8 月 12 日，陈步宁到亿利报到。

关键的“万分之一”

“以前相对清闲，现在一天工作 10 个小时都感觉不够用。”陈步宁与专利商洽谈一项关于低压甲醇合成专利的转让项目时，“在国企要派出一个团队，而在亿利全部只要我一个人完成。”“每天五六十封以上电子邮件，无论我在哪里，每项都会及时答复，夜里两点睡觉很正常。”亿利高效的工作方式，快速的节奏，让他时刻处在“忙得很”的状态。

“我在材料化学领域工作了 30 多年，关于绿色能源，国内外的领先技术见过很多，我有信心解决各种技术难题。最大的压力在于责任，几千人在沙漠施工，需要及时处理现场技术问题，还要确保工程按计划建成投产。”除了出差，陈步宁的工作生活都在沙漠，丝毫不敢倦怠。

和王文彪一样，陈步宁是普通的百姓子弟，没有任何背景，要出人头地得完全靠自己。在陈步宁眼中，化工其实很简单，就是三传一反一分离，传质、传热、传导、反应工程，任何一个化工装置都跳不出这几个字。再大的装置、一万个亿的投入，在他心目中也就是一张图纸。

“我这辈子就是为技术而生的。”陈步宁对操作工人讲，“这个车你知道怎么开，管理人员知道为什么要这么开，而我知道怎么开才能开得最安全、最省油。”亿利沙漠经济基地总指挥尹成国问他在考虑什么问题，他说：“我在考虑万分之一的概率。万一不成功，我如何保证安全？有什么措施去补救。”他在考虑万分之一概率时，别人考虑的所有问题他都已经考虑过了。

别人看问题入木三分，他能入木四分。科学家的思维缜密与严谨，在陈步宁身上很好地体现出来。“细节决定成败，”他说，“很多人都是万里长征最后两公里没走完。从优秀到卓越，就差那么一点点。搞技术的人再往上走一点，就是顶级专家，但这一点点，能做到的人并不多。”

亿利资源集团的技术总工程师陈步宁

敬母与教子

原来一直生活在南方，初次到寒冷干燥的北方大漠，对陈步宁来说是一个不小的挑战。“刚来沙漠前三个月，几乎天天流鼻血，饮食也不习惯。”没过多久，食堂来了一位湖南籍厨师，陈步宁知道这是对他的“特殊关照”，心里暖融融的。

最让陈步宁惦念的是远在老家的母亲。母亲 80 多岁了，一身是病，靠药物维持。来亿利不久，赶上母亲过生日，陈步宁向董事长王文彪请假。王文彪毫不犹豫地准假，说：“以后回家看望母亲，随时可以走。”20 分钟后，王文彪亲自送来一个红包，让他带给母亲。

王文彪相信：“一个有孝心的人，是能做成大事情的。”

因为工作太忙，陈步宁已经很久没回去了。母亲耳朵不太好，打电话也听不到。早在几年前，陈步宁就请岳阳的朋友帮忙在老家安装了远程视频，他可以随时随地打开手机，看到远在家乡的母亲的一举一动。

陈步宁的父母都是中学老师，父亲教导他要与人为善。“父亲对我最严，兄妹都知道他打我最多，我最调皮。反过来讲，没有父亲的教育，我成不了材。”陈步宁的妻子是他的大学同学，23 岁的儿子现在美国读研究生，学土木工程。当初他建议儿子选自己的专业，儿子明确拒绝。他读书的大学儿子不去，他学的专业儿子不学。

“去美国后他意识到了美国社会也需要社会资源。”说到儿子，陈步宁褒奖之情溢于言表，“我理解他，他是一个有志向的人，想完全靠自己的能力闯天下。”弟弟的孩子问：“伯伯，我学这个专行不行？”他答：“大学里任何一个专业，你若能学到最好，都会有很好的发展前途。”

厚道共赢，千年长青

亿利资源沙漠生态产业园里的一切技术设施，陈步宁都胸有成竹、烂熟于心。100 多亿的投资，浩大的工程，浓缩在他笔下就成为不足三五百的文字和一张亲手绘制的产业链示意图。

“管理是一门科学，更是一门艺术，既然是艺术就必须精益求精，科学也是这样。科学家的最高境界是哲学家，自然科学、人文科学等所有的科学，最后的顶点都是哲学。”

“对于企业来说，竞争包括资源竞争、资金竞争、人才竞争、技术竞争等，但最高的竞争是企业文化的竞争。亿利的文化是厚道、共赢、领导力，若百分百做到了这些，她不是百年企业，而是千年企业，关键是落到实处。老板是一个站得很高的人，他能凝聚起一帮人才创业治沙，一定是有个人魅力的。他的人格魅力就是实在、实事求是。我是搞技术的，一就是一，二就是二，我不会拍马屁。”

教授级高级工程师、拥有工学博士学位的陈步宁，被称为亿利的首席科学家，他现在是亿利集团副总裁兼总工程师、亿利沙漠经济基地副总指挥。

治沙的底线

树辛辛苦苦种上了，成活了。王文彪要求沙产业公司护好树，严禁砍伐，严禁破坏好不容易恢复起来的绿色植被。

2008 年国庆节后，王文彪兴致勃勃地下去检查。无意中发现，有人在树林里建了一座房子，树被砍掉了。

一股怒火直撞顶门，王文彪冲着身边的王钟涛说："发生了这么严重的事情，你们这么多人待在这里都发现不了，要你们这么多人干什么？干不了别干了！你回家吧！"

王钟涛赶紧解释："这是和集团领导打过招呼的。"

"打过招呼也不行！沙漠生态区里绝不能开这个口子！否则千辛万苦种下的植被就保不住。"

"这怎么能怪我？"王钟涛委屈的眼泪刷地下来了，"我真的无能为力。"

过了两天，王文彪气消了，派人把王钟涛从家里叫回来，说："生态区里决不能开口,这是硬线！谁说都不行,包括我！你按照这个命令执行。"

"王总，放心吧。我保证以后再不会发生这种事情了。"从此，王钟涛彻底理解了王文彪的治沙底线。

国家林业局原局长贾治邦到库布其视察。韩美飞反映说："绿化面积很大，防止砍伐、防火问题，单靠企业人单力少，管不过来。如果能有森林警察防火、防盗就好了。"

贾治邦很重视，当即拍板说："给你们配。"

在国家政府部门的支持下，很快成立了林地派出所。韩美飞说起这件事，还很兴奋："我这个干企业的，在事务上还管着森林警察呢。"

王文彪坦言："为了治理库布其，我们做得非常辛苦。农牧民往出搬一户，亿利就要花钱。我们治理沙漠，几十个亿有 2/3 都给老百姓了。按理说这非常不公平，买沙漠、再治沙、再用沙，我们掏了 3 份的钱。但是，企业拿钱买了沙子，如果不把沙子变成钱，老百姓没办法安置，就会涉及与农牧民共同生存的问题。农牧民没办法生存，说我就不走，反正我就这么穷过来的，我就在沙漠里，这也是人的生存权利。这样农牧民受穷苦，

清洁能源化工循环经济产业园区鸟瞰图

沙漠状况越来越糟糕，形成恶性循环。我们生态移民第一份掏的是买沙的钱，第二份是治沙、种树的钱，第三份掏的是让沙子变成财富的钱，这个对企业来讲，负担很重。”

“库布其是实实在在在政府支持下，沙区人民和当地老百姓经过26年不懈努力促成的。在大的宏观政策方面，政府很给力，每年的飞播规划等项目，尽可能地帮助企业，我很感动。林业部门领导现在很重视企业治沙，他们尽其所能给予政策支持，近年来每年给予两三千万的项目支持。我认为能给一元钱，在精神支持方面都很重要。”

母亲的检阅

古代日本，贫困家庭有抛弃老人的习惯。一个穷得叮当响的儿子背着老娘走向山岙，准备将老娘抛弃。一路上，老娘不断地折下树枝丢于地上，儿子很不耐烦地问：“你老是丢树枝干吗？快死了还多事。”母亲回答：“孩子，为了在这深山冷岙里好让你能找到回家的路。”儿子顿时泪如雨下。于是，又把母亲背回了家。

还有一则故事：女人在产房生孩子，剖腹产。孩子抱出来，一家人欢欢喜喜抱着孩子上楼了。男人看到岳母还站在那里一动不动，便问：“妈，孩子都上楼了，您怎么不上去？”岳母说：“你的孩子上去了，可我的孩子还在里面！”

羊有跪乳之恩，鸦有反哺之义。

王文彪的母亲是一位普通的北方妇女。年少的王文彪曾经憎恨沙漠，憎恨这种沙尘遮蔽的灰暗日子。他奇怪母亲过着这样的苦日子，为什么每天还那么乐观。“这种鬼地方，我长大了一定要离开。”面对他的埋怨，母亲总是说：“生在这苦地方，就要学会过苦日子，要学会吃苦。”王文彪似懂非懂，但母亲的豁达和乐观在他心里扎了根。

一晃10多年过去，在母亲背着奶奶进进出出的忙碌背影中，王文彪长大成人。从母亲照顾瘫痪奶奶10多年的日子里，他理解了什么是“孝”和“责任”，什么叫坚持不懈的努力。王文彪多次和同事说起，母亲是对他影响最大的人。

“外面的山珍海味，也没有母亲做的饭可口。”曾经无论再忙，王文彪也不忘回去看望母亲。看到这个终日在外奔波的儿子，母亲把所有的慈爱都揉进面里，撒进菜里。只有看到儿子坐在家里饭桌前，大口吃自己做的饭菜，母亲的一颗心才算彻底放进肚里。

儿行千里母担忧。这些年王文彪在外面忙忙碌碌、风风雨雨闯事业，他能感觉到家中的母亲无时不在牵挂自己。每次见到母亲，他总是微笑着说：“我很好，一切都很好。”

但母亲目光中的那丝牵挂，总让王文彪有种难以言说的愧疚和不安。

母亲对别人说：“子女回来，就看他们的情绪。情绪好了，父母也高兴，不担心了；如果他们情绪不好，走了我也由不得要担心。”“孩子在外面忙工作。思念儿子也是老人的工作，这就是我们的工作。”“让他们不要担心，工作得好，我也就放心了。”“没办法，年龄大了还操心，实际也是瞎操心，没用！”

王文彪听到这些话，眼泪差点掉下来。他希望能有机会，亲手拂去母亲心头那缕不安的阴霾。

2009 年 8 月，库布其沙漠迎来了一位慈眉善目的老人。

王文彪对母亲说：“你来看看我这 20 年都做了些啥？”

王文彪陪着母亲走了两天，看了两天。沙柳、甘草、沙枣、胡杨、羊柴……各种沙生植物点缀着这座广袤的沙漠，满眼的绿色让母亲惊喜不已，说：“没想到你能把沙漠治得这样绿。”

在沙漠牧民新村，乡亲们闻讯全迎出家门，纷纷朝母亲竖起大拇指：“你这个儿子不错啊，不忘本。”

母亲看到老乡们日子过好了，笑眯眯地对王文彪说：“你这 20 年没白干，这下我总算放心了。”

虽然没有八抬大轿、衣锦还乡，但儿子为百姓做的事，让母亲感到无限的骄傲和自豪。母亲回忆说：“记得你很小的时候，有一天邻居家炖鸡肉，你闻到香味就迈不开腿了，好说歹说也不愿意走。那时候大家都很穷，吃不上羊牛肉，能有鸡肉吃就算稀罕的了。最后，我硬是把你从邻居家的院子里拉走了……”

王文彪当然记得这件往事。长大挣到钱后，每次回去他都要给家里人买很多肉，把冰箱堆得满满的，他要让家里人无论何时都有肉吃。有时候回到家，看到冰箱里没有肉，他还会发脾气。这桩往事，给他造成了难以抹灭的心理阴影。

那些天，母子俩有唠不完的话。王文彪快乐得像个孩子，能得到母亲的肯定，就是对他最高的褒奖。

那些天，亿利人看到了他们的带头人铁汉柔情的另一面。

男儿有泪不轻弹，只是未到动情时。在母亲面前，天大的英雄也曾经是一个懵懵懂懂光腚的儿子。

科尔沁·南疆·河北坝上

“大漠产业周期很长，见效很慢，是一项艰苦长期的复杂工程。所以，你没有一定的耐心，就不要做这件事情！治沙事业是一项百年工程，要想真正见到实效，必须走出一条可持续发展的新路。关键在于，政府要政策性支持，企业要产业化投资，农民必须是市场化地参与。只有这样，治沙事业才能走得远，走得久，办得好。”

——王文彪

科尔沁沙地位于内蒙古自治区东部，主要处在农牧交错带，曾是水草丰美的科尔沁大草原。由于清代以来的放垦开荒，加之气候干旱，逐渐演变成为中国面积最大的沙地。在嘎达梅林“抗垦”前后，科尔沁草原就“出荒”11 次，今天大部分草原都已沙化。科尔沁沙地对中国东北、华北，特别是京津唐地区的生态安全形成了严重威胁。

2012 年 5 月 11 日上午，茫茫科尔沁沙地人声鼎沸，株株绿色逐渐连绵成片。来自亿利资源集团库布其生态建设的工人、塔敏查干沙区的农牧民、库伦旗青年志愿者及社会环保人士 1000 余人，在这里共同启动亿利资源科尔沁沙地生态环境综合治理项目。该项目的启动，标志着亿利资源集团 20 多年创建的“库布其防沙治沙用沙模式”成功输出至中国四大沙地之一——科尔沁沙地。

南疆自古以来就是一个多民族聚居的地区，维吾尔、塔吉克等民族的艺术和风情绚丽多彩，构成了具有浓郁民族特色的人文景观。在古丝绸之路的南、中两条干线上留下的数以百计的古城池、古墓葬、千佛洞等古迹，昭示着历史的悠长与沧桑。

南疆幅员辽阔，塔里木盆地和塔克拉玛干沙漠周围有许多绿洲。在南疆行走，你会发现一块块有植被覆盖的孤立肥沃地区。当你看到绿洲，就会看到有人居住，看到城市。大凡到过南疆的人，都会给南疆城镇留下美誉：歌舞之乡、瓜果之乡、黄金玉石之乡……

但是，南疆有她沉重的一面：干旱、盐碱，每年春夏之交不请自到、遮天蔽日的沙尘，还有令棉苗枯萎、令杏花凋零的倒春寒，以及干热风、冰雹、洪水等。恶劣的自然条件使得南疆至今仍有为数不少的农村人口尚未解决温饱。

2012年底，亿利资源库布其生态经济模式向新疆南疆进行输出尝试。

王文彪去南疆考察，在建设兵团领导带领下走了一天。

那一天，王文彪突然感觉回到了20多年前。一望无际，不要说七八级，

“气流法植树”输出至南疆

库布其"螺旋打孔植树法"在新疆南疆运用

三四级风这里就有沙尘暴。今天的南疆地区，很像从前的库布其沙漠，缺少植被、缺少公路、缺少医疗、缺少通讯、缺少教育；牧民收入很少；沙漠降雨很少，一年只有几十毫米；沙尘暴泛滥。

沙漠化和盐碱化是一对孪生姐妹，这里的土地翻开来就是盐碱。"南疆穷则新疆危、南疆兴则新疆富、南疆安则新疆稳"。历史上的南疆地区是传统的绿洲农场，水草丰美，物产丰富，一直是中国各朝各代政权重要的西北边塞和屯垦戍边基地，也是丝绸之路经济带的重要区域。后期由于人类的过度活动和自然环境变迁导致南疆地区土地严重退化，荒漠化加剧，沙区老百姓贫困问题比较突出。

王文彪深有感触地说："我在26年前坐着链轨车进到库布其沙漠，那里的牧民都不跟我说话，他们的目光是很恐怖的，和他们交流很困难，他都是一种防备心理。今天回到库布其，那里的10多万农牧民都走出沙漠，让他们半城镇化、成为半产业工人，他们很享受、很幸福，所以就很热爱这个地区、很热爱这个家园，也很热爱我们。”

王文彪认为，南疆地区30多万平方公里的沙漠中有1/3为次生态沙漠，生态修复条件和基础要远比内蒙古库布其沙漠好，只要“着力把握生态、民生、经济的平衡点”，按照库布其的防治实践经验，引进市场化和产业化机制，统筹推进生态修复和生态产业，南疆的大部分沙漠是有可能变成良田沃土的美丽家园。

数十年的治沙履历，让王文彪成为一名货真价实的治沙专家。

河北坝上风沙源是国家的重要生态屏障，王文彪以为生态再怎么脆弱，也应该是一望无际的漫黄色感觉，但看了坝上以后他很震惊，很多的树大面积死亡，老百姓非常贫困。

“我从来不带钱，看到一个老太太和我母亲年纪差不多，一个人住在一个小土坯房里。我不是作秀，我就向他们借钱，一个同事给了我一打，我也没数就要给老太太。那个县长拉着我的手说，你少给点，不要把老太太吓住了。”

“生态的退化，会严重影响人们的生活和心态健康。”王文彪忧心忡忡地和同行的人说。

2014年4月23日，受西伯利亚寒流影响，新疆多地遭遇强沙尘暴侵袭，白天瞬间变黑夜，场景很是恐怖。就在风沙滚滚的当天，亿利资源集团新疆生态建设团队联合当地大学生、社会环保人士，顶着狂风、飞沙，走进塔克拉玛干沙漠，开启了南疆生态修复建设工程。

几乎同时，亿利正式进驻河北坝上。

第十章

给梦想插上翅膀

来自世界的荣耀

2013 年 9 月 23 日，联合国防治荒漠化公约第十一次缔约方大会在纳米比亚首都温得和克召开。在热烈的掌声中，西装革履，系着蓝底白点领带，神采奕奕的王文彪，迈着坚实的步伐走上全球瞩目的颁奖台，从联合国防治荒漠化公约组织执行秘书长吕克·尼亚卡贾手中，接过庄重的“全球治沙领导者”奖牌与证书。

王文彪器宇轩昂，面带微笑，充满自信地扬了扬手中的奖牌，略一沉吟说：“很想把这块奖牌献给与我一起不离不弃、坚持治沙事业的 6000 多名亿利治沙人；也很想献给我年迈的母亲，因为她为了我的治沙事业担心了几十年；我更想把这块奖牌献给我的祖国，这个古老的国度有个年轻的‘中国梦’，那就是我们习近平主席提出的‘宁可不要金山银山，也要建设一个绿水青山的美好家园’，这就是我们治沙人的‘中国梦’。”

台下，来自不同国度、不同肤色的国家领导人、贵宾和国际友人，都在看着这个中国人。电视机前，无数黄皮肤的中国人也在看着这个中国人。

最后，王文彪说：“……我很感谢本届大会和大会成员国的各位代表，对中国库布其治沙精神、治沙经验和治沙实践的认可与支持，也感谢你们给予我的这个重奖。中国有一句古话，‘路漫漫其修远兮，吾将上下而求索’，守住每一寸土地，让更多的沙漠变成绿水青山，任重而远道，让我们一起努力。”

“全球治沙领导者”奖，是由联合国防治荒漠化公约组织倡议发起，用于表彰在全球防治荒漠化领域作出卓越贡献的个人。获得联合国首届“全球治沙领导者” 奖，王文彪深知，这个奖杯并不是颁给他个人的，他的自信来源于背后的数千名亿利兄弟，来源于几万平方公里的库布其沙漠，

2013 年 9 月，王文彪荣获联合国颁发的首届“全球治沙领导者奖”

几千平方公里沙漠里的绿洲。除了亿利人，恐怕很少有人知道，证书上那短短几行英文字后面，有着多少说不尽的内容！

面对各国记者的问询，王文彪只简单说了一句：“感谢我的祖国，感谢家乡的父老乡亲。只有政府、企业、民众、社会多元力量联手行动，防治荒漠化这项艰巨的任务才有可能完成。”

2013 年 8 月 2 日，全球的目光投向库布其七星湖，第四届库布其国际沙漠论坛在此开幕。库布其沙漠论坛是全球唯一致力于世界沙漠环境改善和沙漠经济发展的国际论坛。同时，由联合国环境规划署、联合国防治荒漠化公约组织秘书处与中国亿利公益基金会联合发起的“全球荒漠化治理库布其行动”在库布其启动。一块高 5 米、宽 1.5 米的巨石被高高地竖立起来。苍黄的颜色与背后不远的沙漠一致，上面几行简体汉字：

全球荒漠化治理库布其行动启动纪念碑

绿色的字迹在黄底色映衬下，显得更加清晰有力。

在世界很多地方，把沙漠变绿洲还只是停留在口号上。而在中国库布其，已经变成了抬眼可见、伸手可摸的现实。难怪联合国副秘书长阿·施泰纳第一次踏上库布其这块土地上，不由自主瞪大了眼睛。

几天的参观、实地考察，所有的来宾，包括那些心中原本充满怀疑者，都不得不心服口服——

在中国的北方，在库布其，有一群中国人用 20 多年的时间，改变了沙漠。

在 2013 年 9 月召开的第十一次联合国防治荒漠化大会上，通过决议：把“库布其国际沙漠论坛”，作为实现防治荒漠化公约战略目标的重要手段和平台。

联合国防治荒漠化组织提出“到 2030 年实现全球荒漠化土地零增长”的目标，其中的一份信心，就来自库布其，来自亿利。

库布其国际沙漠论坛写入联合国决议，历时 8 年。这是自 1971 年中国重返联合国以来，在环境与发展方面，首次有中国的创新举措写入联合国决议。

让中国的声音传播到世界舞台，让世界了解中国，了解库布其。

胸有丘壑的王文彪，早就把目光投向了全球。

库布其模式——给世界的启迪

中国是世界上受荒漠化危害比较严重的国家之一。中国政府长期致力于防沙治沙事业，组织开展了一系列重大生态建设工程。亿利在 20 多年的摸索实践过程中，书写了中国治沙的奇迹，创造了具有中国特色的治沙模式——“库布其模式”。

“库布其模式”以沙漠资源为依托，以技术创新为支撑，核心内涵是“三个带动”，即科技带动企业发展，产业带动规模治沙，生态带动民生改善。体现了生态优先、发展优先、民生优先，形成了“治理——发展——再治理——再发展”的良性循环发展模式，实现了“防沙治沙、产业发展、生态改善、社会稳定、民族团结、农民富裕”互动多赢的格局，

2013 年，“联合国环境规划署库布其沙漠生态经济示范区”正式设立

科技带动企业发展。亿利资源集团始终坚持“科学技术是第一生产力”的思想，把全面依靠科技进步作为推动企业科学发展、绿色发展的强大动力，立足自主创新、技术创新，以企业研发机构、示范基地为支撑平台，先后与中国科学院、上海高研院，以及俄罗斯国家科学中心、法国液化空气集团、德国林德公司等 10 多家国内外科研机构、高校和企业，进行了广泛合作。通过开展大学科、多领域、全过程的协作攻关、技术引进、自主研发，推进企业健康发展，支撑库布其沙漠治理。

产业带动规模治沙。20 多年来，企业依靠产业发展的财富积累，坚持不懈致力于库布其沙漠的生态建设。目前，亿利资源已累计投资30多亿元，形成了“以产业带动治沙，以治沙促进产业”良性互动的发展机制。

企业本着“发展清洁能源、创新沙漠生态、改善人居环境”的发展使命，按照“绿色、循环”的发展理念，科学稳健地发展了清洁能源新材料和沙漠生物医药等新兴产业，实现了集约化跨越式发展。这些产业不但实现了企业“绿色、节约、高效”发展，而且为大规模可持续防沙绿化提供了投入的保障。亿利资源联合中国泛海等七大民营企业组建清洁能源联合投资体，在库布其沙漠边缘大规模实施绿色清洁能源产业，把“清洁能源产业发展与沙漠生态碳汇林建设”有机结合起来，实现互动发展。

从防沙绿化开始，企业就以创新的思维埋下了产业化治沙的种子。他们在荒漠化防治过程中，选用既耐寒、耐旱、耐盐碱，又有经济性的甘草、沙柳等沙生植物，作为荒漠化防治的主要植物，在实现防沙绿化的同时，发展了甘草医药产业、沙柳生物质产业以及太阳能产业。有效地拉动了防沙绿化，而且为库布其后续发展增添了无限生机和活力。

规模治沙究其内涵，就是要有规模化的投入、规模化的举措、规模化的行动，才能实现规模化的优势和规模化的效益。

生态带动民生改善。亿利人秉承“绿色、循环、清洁、低碳”的生态发展理念，在发展清洁能源新材料主导产业的同时，着力改善沙区生态环境，树立了全方位、广覆盖、普惠型的民生观念，大力实施了“生态扶民、生态富民、生态惠民”工程。

生态扶民。在改善生态环境的同时，改善老百姓的人居环境。亿利在政府的支持下，把久居在沙区的父老乡亲集中起来，为他们建设了新镇，让他们走出了大漠，走上了集约化生产和生活的道路。

生态富民。生态产业落地沙区，直接为当地农牧民提供就业岗位5000多个，免费进行专业技能培训，使他们成为新一代生态建设工人、旅游服务人员和集约化养殖、种植能手，生态产业带动当地百姓每年增加收入3亿元以上，牧民人均年纯收入从过去的不足500元增加到3万多元。企业通过荒漠化防治和沙产业发展，使生活无着落、生产方式落后的沙区父老乡亲走向了富裕之路。实践证明，荒漠化防治和沙产业发展是应对气候变化，改善生态环境，解决全球荒漠化地区贫困弱势群体温饱问题和实

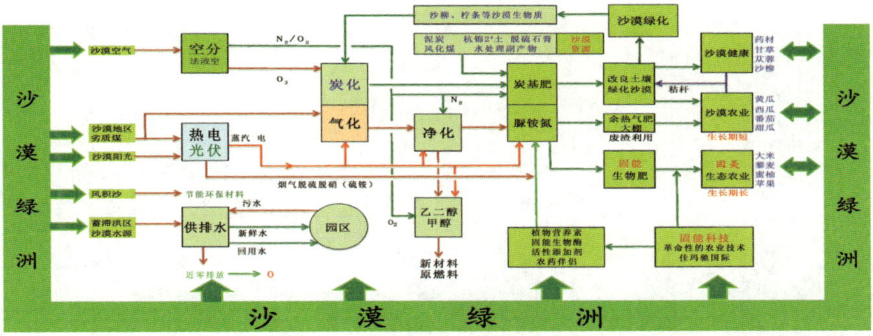

库布其沙漠生态工业园循环产业示意图

现长远发展的最重要途径。

生态惠民。通过防沙绿化通路，绿化美化家园，改善了沙区农牧民的生产生活条件和人居环境。企业投资 1 亿多元，建设了“全托全免”的沙漠学校，让沙漠里的农牧民孩子接受到了良好的基础教育。

除此之外，“库布其模式”还有自己独到的经验：推进了三个创新、破解了三大难题、实现了三个转变。

推进了三个创新。第一，科技创新。建立以企业为主体的技术创新体系，科学推进政、产、学、研、用紧密结合，总结探索出了“锁住四周、渗透腹部、以路划区、分而治之、技术支撑、产业拉动”的技术举措，和“路、电、水、讯、网、绿”六位一体的科学治沙方略；研究出了甘草药材、沙柳植物“地下地上”复合生态产业化技术体系，为防沙、治沙、用沙提供了强有力的高效率的技术支撑；第二，机制创新。经过 20 多年实践，形成和完善了“政府引导、企业投资、农户参与、社会支持”的荒漠化防治的长效机制，使政府、企业、农户成为一个真正的利益共同体；第三，发展方式创新。从增强农牧民环境意识、生态责任和生态文明观念入手，运用综合生态系统管理理念和方法，通过参与式管理和建立合作伙伴关系，因地制宜，顺势利导，重新认识和探索“把荒漠变绿洲、把沙子变金子、把资源变财富”的可能与现实，从根本上转变落后的生产方式和生活方式，创造了化废为宝、化害为利、化腐朽为神奇的“库布其神话”。

生态修复改善人居环境

破解了三大难题。“大规模、高投入、长周期”是荒漠化治理的重要特点，也是制约荒漠化防治的三大难题。如何破解这三大难题，正是亿利资源20多年艰苦实践的成功真谛。用亿利资源董事长王文彪的话说，“荒漠化防治关键在坚持，重点在投入，核心在技术，成效在产业”。亿利资源20多年来投入几十亿元，通过大规模的修路绿化，建设防沙锁边林和大漠腹地生态修复工程等举措，并辅以产业化的互相推进，才实现了库布其沙漠的华丽转身。

实现了三大转变。科技创新、机制创新和发展方式创新，催生了三大转变。一是发展理念的转变。实现了由“被动防沙”向“主动治沙”转变，由“征服自然”向“顺应自然”转变，由“望沙生畏”向“沙子是金”转变。二是发展方式的转变。企业的发展方式由依赖资源向培育资源、节约资源、再生资源和生态环保、绿色循环、清洁低碳转变。三是生活方式的转变。沙漠的老百姓由传统原始游牧落后的生活方式和生产方式，向集约化、城镇化生活方式和生产方式转变。

借一企之力，积26年之功，绿了一座沙漠、兴了一片产业，富了一方百姓，这是政府、企业、民众共同创造的丰硕成果，也是“库布其模式”的贡献所在。其奥秘就是：有一个明确的目标——治沙兴业、改善民生；有一个坚实的基础——民众响应、社会参与；有一个优越的环境——政府支持、政策扶持；有一个前行的动力——自主创新、技术支撑；有一个忠诚的团队——同甘共苦、携手奋进；有一个拼搏的精神——敢为人先、锲而不舍。

向希拉里推销库布其模式

2011年4月8日，亿利资源集团总部进京，乔迁凯晨世贸中心。亿利人透过办公室的窗户，就可以看到举世闻名的长安街。总部进京战略成功落地，亿利实现了走出内蒙、走进北京、面向世界的跨越发展。一个崭新天地，呈现在王文彪面前。

2011年5月9日至10日，第三轮中美战略与经济对话在美国华盛顿举行，王文彪作为中国企业代表应邀参加了第三轮中美战略与经济对话

王文彪向希拉里介绍库布其治沙模式

企业家圆桌午餐会，就坐在美国国务卿希拉里旁边。

王文彪当然不会错过宣传中国治理荒漠的机会，他借机和希拉里聊起来："在中国政府的支持下，亿利资源集团花了 20 多年的时间，以沙漠产业化的方式，绿化了中国库布其沙漠 5000 多平方公里的沙漠，相当于绿化了 7 个新加坡的面积。"

希拉里认真倾听，由衷地竖起拇指。

"亿利资源集团还大规模发展了沙漠天然药物、清洁能源、新材料、高端旅游等沙漠绿色产业，帮助沙漠里几十万百姓摆脱了贫困，探索出一个兴业、富民、环保的产业化治沙模式。亿利愿意将 20 多年艰苦探索的产业化治沙模式，输出给有荒漠化的国家和地区。希望美国的高技术企业能与中国企业一道，研究和开发沙漠新能源、新材料等新型产业和防治荒漠化新技术，更加高效地解决全球荒漠化问题。"

希拉里微笑点头，连连说："That's a good idea。（是个好主意）"

王文彪给希拉里留下深刻印象，在后来谈到全球治理荒漠化问题时，她多次提到王文彪的名字和"库布其模式"。

梦想刚刚起飞，翅膀充满力量

不知从什么时候开始，库布其开始流传新的故事。英雄坡、沙漠之子、沙漠魔术师、十九勇士、神仙种子、母亲河的绿飘带、一桥飞架南北……他们是普通的当代库布其人，他们是具有开创性的英雄。他们用热血、青春、无悔，换取"沙漠深处起高楼，不毛之地建绿洲"。

为彪炳亿利人十几年如一日防沙治沙功绩，杭锦旗党委、政府携13万家乡父老于2003年在库布其沙漠为亿利树立了治沙功勋碑。碑文正面

杭锦旗政府和当地群众为亿利资源树立的功勋碑

刻着“绿化了一座沙漠、激活了一块产业、富裕了一方百姓、振兴了一方经济”28个大字，背面碑文共457个字，记述了亿利人1988年扎根库布其大漠以来，治沙修路、兴业富民、与民谋利、造福乡里的感人事迹，气势雄浑、催人泪下、激人奋进。原文如下：

星移斗转，沧海桑田。神工鬼斧，塑山川磅礴之气象，雕原野恢弘之景观。茫茫大漠，霸卧高原。数百里赤地绵延，千万年狂舞肆虐。黄沙卷进人退缩，牛羊羸弱百草怨。

曾几何时，为求生存，人与沙战，数番拼搏，流血流汗。前赴后继，英雄层现。然则违规背律，成效难见，致使沙进人退，恶性循环。田园荒漠化，百姓多磨难。

廿世纪末，河青海晏，鄂尔多斯，盛况空前。有亿利资源，横空出世，后来居上，理念超群。关爱生命，善待自然。锲而不舍，敢为人先，情钟绿色，志在攻坚，进军浩瀚沙漠，经营黄沙产业，几经拼搏，已成大业，此番壮举，实为堪叹！

穿沙公路，大漠通途。科技神力，银鹰播绿。百万亩甘草吐翠，千万株青杨挺立。沙冬青、半日花，珍稀植物，争相落户。昔日戈壁滩，今为新绿洲。公司带基地，基地连农户。协调动作，共同发展，沙漠增绿，农民增收，企业增效，政府增税，治沙新模式。千秋伟业令世人瞩目。

种草种树种药，养牛养鱼养羊，富农富牧富旗。杭锦大地，风停沙息，六畜兴旺，风调雨顺，五谷丰登。亿利造福，绿水当弹弦歌唱，青山该举臂擎杯。特立此碑，以炳彪亿利之功绩。

癸未年七月二十一日

每年有许多的汽车越野爱好者来库布其旅游观光，越野探险，挑战大漠。敢于挑战大漠者，也被尊称为“英雄”。

因为独特秀美的沙漠风光，这里成为许多电影拍摄的外景地。佟大为主演的《长城内外是故乡》，反应沙漠地区儿童教育题材的《蓝色七星湖》，王姬主演的《危情营救》等，都在这里拍摄取景。

人们把这里叫做英雄坡。英雄坡的寓意，不仅是越野英雄，电影英雄，

七星湖生态旅游景区

更是治沙英雄。

“说一个梦想：有朝一日人类确实需要移民到别的星球上，库布其沙漠的这种治理荒漠的经验，没准还要派上用场。”莫言在库布其沙漠植树之余，面对媒体如是说。

“人生有三样东西是一去不复返的：时间、生命和青春。亿利人把最美好的青春献给了沙漠事业，饱尝了艰辛和挫折，收获了荣誉和成果。今天亿利资源进入三次创业的关键时期，站在这新的历史起点上，我们庄严提出‘百年亿利、百年沙梦、百年基业’，这是全体亿利人绚丽的人生梦想，也是伟大中国梦的具体实践。我相信，有全体亿利人的不懈奋斗，我们的目标一定能够实现！”王文彪如是说，“感谢大自然赐予生命万物。我们不要惧怕沙漠、厌恶沙漠、遗弃沙漠，沙漠也是大自然的一个重要组成部分，我们应该面对它、珍惜它、改善它。”

实业家的话，说得现实而诚恳。

一个扎着羊角辫的孩子说：我的未来在库布其!

也许，这才是对库布其明天最好的诠释。一句话，概述了库布其的过去、现在，还展望了未来。

在亿利东方学校，王文彪曾坦露心底，希望这些沙漠子弟长大后，能成为播种者，到世界各地有沙漠的地方，把库布其治沙经验传播开去。让世界上有沙漠的地方，都有亿利人的影子。

一个人能力越大，责任就越大。王文彪不再感到孤独，他的背后站着一个强有力的团队。26 年的努力最有说服力，现实会告诉那些仍心存疑虑的人们最正确的答案。

“以人为本、治沙兴业”，亿利人靠自己的勤劳、智慧和胆识，靠坚持不懈的坚强和毅力，用实际行动把它书写在广袤无垠的库布其沙漠上。这是亿利人的壮举，是内蒙古、鄂尔多斯的防沙治沙的缩影，更是中国乃至世界荒漠化防治的典范，它必将在中国和世界科学治沙史上，留下浓墨重彩的一页。

“亿利资源，绿动无限”。梦想刚刚起飞，翅膀充满了力量。对于亿利来说，未来的路还很长，相信王文彪和所有的亿利员工，一定会在库布其乃至世界治沙的舞台上，谱写出更加辉煌动人的华章!

〇一三年八月

第十一章

以另一种身份出发

敢让沙漠变良田

库布其沙漠腹地，王文彪登上十多米高的沙丘，指着一排排沙柳，向技术观摩团讲解沙峰绿谷的机理：植树者在迎风坡种下沙柳，种植覆盖到沙丘高度的三分之二，风吹沙丘将尖尖的沙峰逐渐削平，沙子顺坡滚动填平谷底。两三年后，沙柳成荫，起伏的沙丘变得平缓。

牧民张喜旺站在成排的沙柳丛中，演示种植技术：1 米长的铁管，一端连接水泵，自水泵里冲出的高压水流，几秒钟便在疏松的沙地里冲钻一个深洞。拔出铁管，一个充溢着水的树洞便形成了，沙柳苗被垂直插入，露出 10 公分的苗。这种“水冲植柳造林技术”已申请国家专利。

在沙柳之间种甘草。甘草可以改良土壤、增加土壤肥力以及氮含量，在生态修复中一举多得。经过不断地试种，黄芪、麻黄、肉苁蓉、锁阳等药用植物，都被证明适合在改良后的沙地上生长。甘草等植物种植数年之后，沙漠的土地得到了改良，为发展生态农业，提供了广袤的土地。如今，在库布其沙漠已经改良的土地上，建立起现代化的蔬菜大棚，利用节水灌溉技术，长出了香脆可口的瓜果。

2014 年 4 月，亿利资源和汇源集团结盟，在库布其沙漠实施现代农业开发项目，双方致力于集约化农业、种植、养殖、牧草等产品的研发。以化工起家的亿利，规划建设的年产 260 万吨的生物炭基复混肥即将投入生产。这项雄心勃勃的生产计划，用沙柳的平茬废料、牛羊粪便、劣质煤炭资源等原料，合成为有机肥料，用于荒漠化和盐碱化土地的改良。此外，光伏发电、风积沙建筑材料等产业，已经逐步完善……

这是 20 多年治沙经验的沉淀，是无数实践探索出来的科学技术。在这里，我们总能看到王文彪执著的身影。

沙漠变良田，智能温室里种植有机蔬菜

科学改善生态

2013 年 3 月 21 日，亿利联合中国生态文明研究与促进会、国际沙漠研究协会、国际生态系统管理计划组织，汇聚美国、德国、法国、意大利、澳大利亚、埃及、印度、伊朗、巴基斯坦、以色列等七十多个国家近百位最有影响力、最具学术权威且热衷于世界生态环境事业的杰出科学家，在北京共同发起设立“生态文明国际契约组织科学家联盟”。

“这个科学家联盟的形成，将调动和汇聚多国有影响力的科学家力量，通过多元化、多层次、多角度的技术创新，共同致力于中国生态系统修复、生态环境改善，共同致力于全球荒漠化地区生态环境改善、整体减贫脱贫和绿色经济发展，以实实在在的科技创新行动推动中国生态文明和全球绿色文明。”

作为科学家联盟的主要发起人，王文彪信心十足，“如果没有技术创新机制的驱动，就不可能有绿色经济繁荣，更不可能实现生态文明。”

同年8月，由联合国有关组织和亿利联合发起的“全球沙漠科学技术网”正式启动，亿利在网站上率先发布了流动沙丘水冲植树、甘草规范化栽培和采收、覆膜砂压裂支撑剂等13项技术成果。王文彪坦陈：“全球沙漠科学技术网的建立，就是希望汇集全球荒漠化防治先进技术，并通过市场交易促成技术转化、落地。”

习近平主席提出“改善生态环境就是发展生产力，绿水青山就是金山银山”。中国把生态文明建设上升为国家战略，王文彪认为，这个战略同样适用于今天的世界。

近年来，王文彪先后到过非洲、美洲、欧洲，他发现尽管各个国家的经济水平发展不同、文化上存在差异，但大家有一个共同的心愿，那就是人与自然的和谐相处，希望都吃上老味道的食品，闻到新鲜的空气，看到清澈的星空，喝上干净的水。

2014年7月，新上任的联合国防治荒漠化公约秘书处执行秘书莫妮

联合国防治荒漠化公约秘书处执行秘书长莫妮卡·巴布和中国亿利公益基金会主席王文彪在世界公园大会上联合发布了“修复退化土地，促进世界和平与安全”的倡议。

2013 年第四届库布其国际沙漠论坛上，联合国防治荒漠化公约秘书处与亿利公益基金会签署全球荒漠化防治战略合作协议

卡·巴布来到库布其，在亲眼目睹沙漠翻天覆地的巨变之后，她说：库布其是一个消除贫困的世界典范。

4 个月后，第六届世界公园大会在澳大利亚悉尼召开。王文彪被联合国世界自然保护联盟（IUCN）授予“世界公园大使”称号。为了表彰在生态文明和环境保护方面对世界做出卓越贡献的国际人士，联合国世界自然保护联盟于 2003 年德班大会上第一次颁发“世界公园大使”奖，获奖人分别是南非前总统尼尔逊·曼德拉和约旦努尔皇后。2014 年悉尼大会是第二次颁发该奖项。

世界公园大会（WPC）由 IUCN 主办，是关于“保护地”的全球性重要会议。第一届会议于 1962 年召开，每 10 年举办一届。 而这一届世界公园大会的主题是“公园、人和地球：激发创新”。来自全球 160 个国家和地区及国际组织的 5000 多名代表相聚悉尼奥林匹克公园，共同探讨世界公园、自然保护与和谐发展的未来，号召人类把生态文明作为地球问题的解决方案。

联合国防治荒漠化公约秘书处与中国亿利资源集团在本届世界公园大会上联合发起“修复土地退化，改善气候变化”倡议，并倡议启动了“绿化丝绸之路伙伴计划（PPPP）”，提出十年内种植13亿棵生命树，修复130万公顷荒漠化废弃土地作为示范。王文彪说，“亿利资源用了26年时间，在中国库布其把60万公顷沙漠变成了绿洲。今天的亿利资源培育了全球最大的抗寒、抗旱、耐盐碱且具有较高经济价值的种质资源库。沙柳、梭梭、肉苁蓉、甘草等都是库布其地区的本土卫士植物，近些年来，它们在库布其荒漠化修复和绿化中扮演了重要角色，成为生态产业发展的主要植物。种质资源库将为绿化丝绸之路奠定牢固的科技基础。我们计划再用10年时间，通过‘生态、民生、经济’平衡驱动发展措施，凝聚全球更多商业和公益伙伴力量，利用库布其成熟的创新技术和商业模式，沿丝绸之路再造两个库布其沙漠绿洲。”

作为中国的企业代表，王文彪与马达加斯加总统、刚果总统以及世界自然保护联盟总干事等国家政要和科学家在世界公园大会“领袖对话”上，共同探讨了“世界自然资源保护与平衡发展”等重要议题。

王文彪阐述了他的“绿色中国梦”：让沿丝绸之路的荒漠化土地多添绿洲，助推生态、民生、经济的和谐平衡。他说，中国各界正在积极落实习近平主席提出的“丝绸之路经济带”战略，这是一个建立在生态文明基础之上、超越国界的区域性发展战略。中国亿利资源集团将联合全球关注人和地球健康的合作伙伴，共同助推“丝绸之路经济带”生态脆弱区域的土地修复和应对气候变化的能力建设。

面对来自不同国家的记者，王文彪指出，1992年，联合国通过了三个应对全球发展的挑战性公约：《防治荒漠化公约》《生物多样性公约》和《应对气候变化框架公约》。那时，这是三个相对独立的国际法范畴。22年后的今天，我们越来越感受到这三个领域的相互关联与制约，国际社会必须从更加综合的视角来理解土地荒漠化与生物多样性及气候变化的关系，从而更加有效地应对这些挑战。他还呼吁世界各国应该更多地关注中国在修复土地退化和改善气候变化方面所作出的积极努力和巨大贡献，中国在这方面已经走在了世界前面。

从长安街走出去

凯晨世贸中心亿利北京总部，胸前挂着亿利员工标牌、西装革履的王文彪，召开完部门会议，回到自己的办公室。他的案头和书柜里，除了亿利的工作安排、远近期规划，还有厚厚的最新最全的治沙理论书籍。

王文彪来到中国地图前面，目光再次落在新疆南疆，地图上那些密密麻麻的小点，幻化为无边无际真实的塔里木盆地和塔克拉玛干沙漠。

王文彪尝试着将亿利库布其生态经济模式向新疆南疆输出。但在实际操作中却遇到了难题：南疆沙漠下面的苦水，不适宜植物生长。不解决苦水转化问题，绿化南疆或将成为空谈。为此，王文彪邀请国际著名沙漠问题专家、世界顶级科学家前来中国，和他们一起实地考察研究。但要在短时间内拿出解决方案，实非易事。

王文彪又想起了钱学森。“中国航天之父”“导弹之父”“自动化控制之父”“火箭之王”，钱学森的多重身份让他敬慕不已。库布其沙漠科技馆专门立有钱学森像，王文彪每次到科技馆，都会有意无意地在塑像前停留片刻。

多年来，钱学森的形象一直矗立在他心中，著名的“钱氏沙产业理论”一直鼓舞着他不断探索实践，他也从没有停止学习。当他在新疆南疆、河北坝上畅谈绿化远景，当他说起治沙新科题时，人们看到的已不仅仅是一位有强烈社会责任感的企业家，还是一位极富实践经验和自成理论体系的“科学家”。

与中国地图毗邻的，是一张世界地图。美国科学家预测：本世纪末地球上的大部分陆地将变成沙漠。由于泥土中的湿气将被大量蒸发，中国、美国西南部和澳大利亚、中美洲等地都将变得缺乏淡水。世界各地原来的沙漠将会疯狂向外扩张，撒哈拉沙漠将向北方蔓延，吞噬掉欧洲南部和中部……或许有些耸人听闻，但严峻的现实摆在人类面前，沙漠的威胁从来没有停止。

王文彪离开了那张世界地图，缓步走到办公室窗前。他的目光从川流不息的长安街，移向浮云朵朵湛蓝遥远的天际……

第十二章

库布其见闻录

舌尖上的库布其

到了库布其，一定要品尝当地的特色美食。

蒙古酸牛奶

到蒙古不喝蒙古酸奶，会很遗憾。

在独贵小镇，席间龙哥特意穿过街道，买了酸奶送给每个人。酒肉之后，喝杯蒙古酸奶，冰凉开胃，浑身每个毛孔都感到清爽。

在沙漠牧民新村，明明又点了酸奶，让我见识了喝蒙古酸奶的大阵势：

一个木桶装着满满一桶酸奶，一碗金黄的炒米，一小碗白砂糖，一盘蒙古筛子。先用小碗盛酸奶，根据自己喜好，放炒米，加糖，用汤匙搅了，小抿一口，酸酸甜甜，滋心润肺。如果前一晚喝多了酒，它可以解酒。如果口渴难耐，它可以解渴。如果饿了，可拿盘里的蒙古筛子沾着酸奶，解饥。

这是我吃过的最地道的蒙古酸奶。

黄河大鲤鱼

黄河鲤鱼同淞江鲈鱼、兴凯湖鱼、松花江鲑鱼被誉为中国四大名鱼。自古就有“岂其食鱼，必河之鲤”“洛鲤伊鲂，贵如牛羊”之说，向为食之上品。鲤鱼跳龙门的传说，几乎是家喻户晓。白居易等都曾写诗作赋，称其为“龙鱼”。

在库布其的独贵和七星湖，我都有机会吃到黄河大鲤鱼。独贵塔拉的店主在烹饪前，特意让我们观看，并手把手教我们辨识：

黄河鲤，金鳞赤尾。体侧鳞片金黄色，背部稍暗，腹部色淡而较白。体形梭长，侧扁而腹部圆。头背间呈缓缓上升的弧形，背部稍隆起。头较

蒙古酸牛奶

小，背鳍起点位于腹鳍起点之前。背鳍、臀鳍各有一硬刺，硬刺后缘呈锯齿状。体长与体高皆有定数。

黄河鲤鱼宜采用朴实简单的渔家烧法，能将黄河鲤鱼肉质细嫩鲜美的本真滋味呈现出来。待期盼以久的黄河大鲤鱼端上来，鱼香扑鼻，不由人不垂涎。黄河鲤鱼体态丰满，肉质肥厚，细嫩鲜美，营养丰富。

黄河大鲤鱼，在库布其又叫道口鱼，因为它紧依黄河古道。大凡黄河流域，都应该有黄河大鲤鱼。然各地文人墨客各有偏爱，有人称黄河鲤鱼自古就以中原地段为最佳。石烹是远古时代使用的一种烹调方法，古时河西用“石烤”，而今甘肃临洮还保留着石子烹的传统方法。“石烹黄河鲤”鱼香味醇、风味独特。然而，在中国餐桌上享有美誉且常见的仍然是以黄河鲤鱼为主料烹制的“糖醋鲤鱼”，尤以山东“糖醋鲤鱼”最为有名。

不久前，我应中国福利基金会之邀，参加给兰州少数民族孩子送书活动。在刘家峡吃过黄河大鲤鱼。人在船上，餐厅也在船上。船行湖中，边吃黄河大鲤鱼边透过船窗欣赏湖景山色。亦别有风味。

库布其羊肉

很想吃一次闻名全国的蒙古烤全羊。但三五个人烤一只全羊，实在太奢侈浪费了，以后有机会再说吧。

在沙漠牧民新村的大漠人家，明明点了孜然羊肉。女主人端上来实实在在一大盘，纯正的内蒙本地羊肉，肉多，略放两片葱白。夹一筷子放进嘴里，满口的羊肉香，一直浸润到肺腹，丝毫不膻。那份充实与酥烂，那种贴心的味道，让人每根神经都舒适。在大都市也吃过孜然羊肉，却全没有这种真实的羊肉味儿。

女主人说，库布其的羊肉都是自家野养的，味道当然地道得很。不像城市大棚内圈养，都是用各种饲料催肥的。

又让我想起在兰州东湾乡近千米的山顶农家吃正宗的手抓羊肉。那羊肉似乎没有特别的工艺，只是用清水煮熟，切成土豆那么大的片儿，放在盘里端上来。吃者拿起一片，用筷子尖儿沾点盐（桌上专有放盐的小蝶）涂上去，便可大嚼。

原生态的美味，是任何一位五星级大厨用复杂工艺也做不出来的。

沙葱与沙芥

在沙漠牧民新村和七星湖沙漠酒店，明明都点了沙葱让我品尝。

在沙漠牧民新村吃的是腌制沙葱。色泽深绿，质地脆嫩，辛而不辣，口感清爽。女主人说，腌沙葱是煲制各种营养汤、佐餐下酒的上佳伴侣，其存储保质期可达 5 个月以上。

沙葱亦可与肉、蛋一起烹调各种菜肴。在七星湖沙漠酒店吃的是水氽沙葱，把不易久储的沙葱嫩茎洗净，放入开水焯 1 分钟，捞出，拌上精盐、陈醋，别有风味。雅人俗客，无不喜爱。沙葱营养价值高，不仅可做各种佳肴，还有药用价值。富含多种维生素，对降血压有一定的疗效。腌制品助消化、健胃，可谓食品中的佳品。

沙葱因形似幼葱，故则得名。其种子寿命很长，在沙土中埋几年还可能发芽。是沙漠草甸植物的伴生植物，常生于海拔较高的砂壤戈壁。广泛分布于内蒙古自治区的鄂尔多斯市、呼伦贝尔盟西部，锡林郭勒盟、乌兰察布盟、阿拉善盟等。因其纤细清秀，叶色翠绿，花色呈鲜淡紫色至紫红

沙葱幼苗

色，美丽别致，又是优良的花坛、地被或室内盆栽材料。

与沙葱一字之差的另一种植物，是沙芥。

在独贵塔拉时，我特意点沙芥，却没有。到了沙漠牧民新村大漠人家酒店，第一次吃到凉拌的沙芥。极类似我们平时吃的咸菜，虽酸甜清爽，味美入喉，也只能做菜品中的点缀。若想做主菜，是不可以的。

新鲜沙芥可以腌制储存，以备过冬之需。其叶片肉质肥厚，有芥辣味，风味精香。幼苗茎叶和成株嫩叶，可炒食或凉拌，是沙区人们喜食的一种蔬菜。

沙芥菜是库布其一道名菜。沙芥纯天然生长，不需施肥浇水，牛羊驴马不啃不吃，有股刺鼻的特殊味道，甚至呛得你掉眼泪、打喷嚏。沙芥不长虫子，蚊蝇不沾身，是最纯正的绿色食品。沙芥菜现已进入酒店的大雅之堂，颇受食客的欢迎。现代人吃腻了生猛海鲜，吃碗沙芥拌疙瘩，既稀释油腻，还缓解酒力，使肠胃减轻负荷。无论沙芥拌疙瘩还是凉拌沙芥菜，皆是一绝。

沙芥、沙白菜、沙萝卜，均是沙芥的别名，生于草原地区的沙地或半固定与流动的沙丘上。高毛虎说，沙芥救了库布其人的性命。3 年饥荒，很多库布其人就是靠吃它才没被饿死。与用以填饱肚子的树皮、观音土相比，沙芥简直是奢侈的美味了。

沙芥叶具解酒、解毒、助消化的功效。根具有止咳、清肺的功效。

蒙古的酒

在库布其，不知道是蒙古人影响了汉人，还是汉人影响了蒙古人。总之，库布其人大都能饮酒。

因为血压问题，我很多年不喝酒了。从前，我不抽烟，但酒是要喝的。虽不敢与千杯不醉的李白相比，若有酒，对我是一件很幸福的事，尤其是遇到脾性相投的朋友。

在中原，喝酒多直接拿酒瓶往酒杯里倒。也有讲究的，先把瓶中酒倒入酒壶，然后再拿着酒壶往酒盅里倒。在库布其，我第一次见到每人面前一个精致小巧的玻璃酒壶和一个小酒盅。主人给每人面前的玻璃酒壶中倒满酒。然后，再用你面前的酒壶给你面前的酒盅斟满酒——这样似乎容易计量，你的玻璃酒壶倒完了，再添满。总共喝了多少壶酒，容易记。

这里不猜枚，但一样要敬酒。主人先敬客人，然后依年纪从大到小或者地位高地，依次给客人敬酒。我想：中国人礼尚往来，客人也应该回敬给主人、陪客的人。但因为我不能多饮，所以一律不回敬——因我不能多饮，所以不回敬，我的库布其朋友该不会怪罪吧！

蒙古人喝酒，有一套固定程式，敬天、敬地、敬祖先或敬远方来的朋友。以前我们只知道，这是蒙古人对养育自己的天、地、祖先表示崇敬。而我的库布其朋友讲，其实这里面还有另一段鲜有人知的隐情：

内蒙人自古剽悍，善骑射征战。蒙元时，忽必烈曾把疆域扩至小亚细亚、波斯湾和高加索山。因为忽必烈的父亲被毒酒所害，加之征战异域，内蒙人出征在外饮酒时，就多了一份小心。若有人敬酒，必先敬天，敬地，抹额头。表面上看，这是蒙人在表达对天地之敬畏，实则是一种对自身的保护。

一杯酒接在手，以右手无名指挑一点酒水洒向半空，此时因为胳膊抬起，五指朝上，便有酒水顺无名指下流，沾湿了戴在无名指上的银戒。第二步，以右手无名指再挑一点酒水洒向大地，因为五指朝下，那原本顺无名指下流的酒水回流，再一次浸湿银戒。如此一上一下，让戴在无名指上的银戒反复被酒浸染。然后第三步，举起手，掌心朝脸，以无名指抚额头。此时，只要略一抬眼，便可看到自己那反复被酒浸染了的银戒。古人常识知道，银戒若遇毒酒，则会变色。若不是毒酒，则完好如初。

蒙人以此程序，提防被毒酒所害，可谓聪明之举。既不必担心因为自己多疑而伤了双方和气，又可以看清对方所敬究竟是一腔热情诚意，还是一杯要命的毒酒。

老味道

在库布其沙漠种植示范基地，我品尝到最寻常的蔬菜瓜果。

亿利人非常好客，你走近种植大棚，就有一张张热情的笑脸迎上来。简陋的桌上摆着大西瓜，似乎是专为你准备的。看到你来了，就有人去切开，捧上一片给你。然后，充满期待地望着你吃下第一口，问：“味道怎么样？”

沙漠里的有机黄瓜

喜获丰收

“好吃，味道一级棒。”这不是应景，而是发自心腹的赞叹。

看到你高兴，他们会继续推荐：“棚里还有西红柿、葡萄，自己摘吧。不用担心，这里的水果不打农药，摘下来就可以吃。”

于是，你就走进去。这里硕果累累，不仅有西红柿、葡萄，还有大辣椒、黄瓜、香瓜等等。

穿梭在果蔬林间，一伸手就可以摘到成熟的大、小西红柿，就可以摘到紫葡萄、黑葡萄，就可以摘到嫩脆的黄瓜。咬一口，这是地道的西红柿味儿，这是地道的葡萄味儿，那是地道的黄瓜味儿，全都是地地道道的老味道！惊喜，激动，心花怒放。

鸡蛋是都市人最常见的食材。可是，你有多久没吃到老味道的炒鸡蛋了？你去超市买昂贵的笨鸡蛋、土鸡蛋、柴鸡蛋，想吃到从前吃过的老味道。可是，你却一次又一次地失望。

在沙漠牧民新村，蒙古女主人端上一大盘炒鸡蛋。你迫不及待夹一筷子塞进嘴里，“就是这种味道，真正的鸡蛋的原汁原味！”你忍不住再狠狠来一大块，细嚼慢咽，仔细品尝那几乎要忘却的味道。一瞬间，仿佛时光倒流，你又回到了童年时代，还很年轻的妈妈从灶房出来，把刚出锅的炒鸡蛋端上来。你的小鼻子立即凑上去，贪婪地来回嗅了再嗅，真的好香啊！

“吃饭能有从前的‘老味道’。豆腐的老味道、炒鸡蛋的老味道、西红柿的老味道是什么呢？请各位朋友到我们库布其品尝一下老味道的鸡蛋、牛肉、羊肉。饮食的记忆是最刻骨铭心的，特别是妈妈做的菜。就这么简单的奢望，就这么朴素的要求，就这么原始的渴望，但今天能有吗？”

——这是王文彪面对媒体说的一段话。他是真心喜欢库布其的老味道，真心为库布其的美食向全天下吆喝。

沙生动植物记

在库布其沙漠，我认识了许多以前从没有听说过的沙生植物。沙葱、沙芥不必说了，甘草、胡杨、沙柳亦不必说了。

在亿利资源沙漠生态循环产业园，看到新建厂房路旁的花，深粉、浅粉、玫瑰红、水粉色、纯洁的白，在秋阳下开得五彩缤纷，喜气诱人。明明说，这叫波斯菊，又叫扫帚梅。

波斯菊在沙漠里经常可以看到，有自然野生的，无论你注意与否，她都长在那里，率性而美丽。也有被人为栽种的，就像产业园沿着厂区道路宽宽的一行，纤长的枝杆，娇艳地盛开，点缀着水泥机械构筑的厂区。

在大漠草堂入口的穿沙公跑旁，有成行的羊柴由近及远，像远去的公路那样望不到尽头。驱车行驶在穿沙公路上，不时也可以看到羊柴的身影。它是平民化的，不昂贵不高贵。碧绿的叶子，小小的粉红的花朵，一簇簇的一点也不嚣张。羊柴花期很长，景色壮观，可作为干旱区园林绿化的观赏植物。

羊柴又名杨柴，属多年生半灌木。根系发达，具有地下茎，有很强的营养繁殖能力，是防风固沙和治理水土流失的理想植物，且干草的适口性好，是一种优良饲料。

梭梭。在高毛虎承包的沙田里，我见过梭梭。在老麦验收的沙漠工地，我抚摸过梭梭。刚从沙里生出来的梭梭，嫩嫩的一缕，几片纯青的小叶子，让人担忧不小心一脚踩下去，就会要了它的性命。老麦在每棵验收的梭梭周围随意画一个圆，成活一棵，亿利会给种植它的牧民三五元。

说到梭梭，就不能不说肉苁蓉。在沙生植物馆，我见到了肉苁蓉。肉苁蓉别名大芸、查干告亚（蒙语），是梭梭根部的寄生植物，从梭梭寄主中吸取养分。素有“沙漠人参”之称，具有极高的药用价值，是中国传统的名贵中药材。

肉苁蓉药食两用，长期食用可增加体力、增强耐力以及抵抗疲劳，同时又可以增强人类及动物的性能力及生育力。历史上它就被西域各国作为上贡朝廷的珍品，也是历代补肾壮阳类处方中使用频度最高的补益药物之一。肉苁蓉还是迄今为止人类发现的唯一一个可以有效遏制神经系统细胞凋亡的物质，它的开发利用使人类彻底战胜因神经细胞凋亡而形成的性功能障碍。

沙冬青，又称蒙古黄花木。常绿超旱生植物，喜沙砾质土壤，种子吸水力强，发芽迅速。幼苗能抗零下20度低温不受冻害。体内含有黄花木素、拟黄花木素等强生物碱，绵羊、山羊偶尔采食其花后则呈醉状，采食过多可致死。

沙冬青有庞大的根系，叶组织内有大量粘液细胞，可以生存在极端干旱的荒山和石质戈壁上，防风固沙性能好，是一种一年种植、多年受益、集生态效益和经济效益于一体的优良固沙植物。它可以活血药，祛风除湿，舒筋散瘀。主治冻疮，慢性风湿性关节痛。

沙蒿，是我在库布其沙漠经常可以看到的植物。属于半灌木，一般高30-80厘米。根粗壮，呈褐色，侧根斜生。老枝灰黄色，嫩枝鲜黄色或黄白色。常为牛羊等的冬季饲料，具备很好的固沙效果。老麦说，沙蒿会侵食四周其它植物的营养和水份，沙蒿多的地方一般树苗都种不活。让我想起鱼类中的清道夫，只要有水就能存活，还会大量吞食鱼苗。

沙蒿在青绿时期因气味重而苦，饲草充足情况下，牲畜很少采食或不食，只有骆驼一年四季食之。深秋霜枯后，适口性大增，山羊和绵羊采食或喜食，马和牛通常不吃它。在饲料缺乏的年景，它的重要性便大大提高，即使挑食的马和牛也会采食。中国西北地区很早就有利用沙蒿籽做面条的习惯。

七星湖沙漠酒店东侧，就是沙漠植物馆，占地1600平方米。浇水的馆员介绍说，馆中包含了澳洲、非洲、美洲、亚洲等五大洲约400种珍

库布其沙生植物馆拥有 270 多种来自世界各地的特色沙生植物

稀植物。这些珍稀沙生植物在供人们观赏同时，也通过光合作，不断地吸收七星湖沙漠酒店释放出的二氧化碳。

在七星湖游览区，王文彪乘车早行，看到路上有撞死的野鸡、野兔尸体，叹息说："可惜了，太可惜了。"

司机说："不就是一只野鸡嘛。"

王文彪说："你知道在沙漠里，长成一只野鸡有多难吗？"

以后，司机再遇到野鸡，就尽量躲避。野鸡不怕人，遇到车也不知道躲。动物晚上会追光，难免被撞死。司机每天都要在沙漠里跑几个来回，他已经习惯了经常性地急刹车，为公路上不时跑过的野鸡、刺猬、狐狸让路。今年夏天，他开车时要刻意绕开七星湖旁边的一段路，因为一对仙鹤在那里安下了家。这是 1000 年以来，库布其沙漠首次迎来仙鹤的回归。

我第一次住进沙漠草堂，对绕梁嬉戏的小燕子充满欢喜。走廊的梁上小燕子的巢，让我想起儿时乡下的家，房梁上也有巢。小燕子年年飞来。有一次，小小燕子不慎掉下来，我和弟弟寻来梯子，把它放进巢中。那温馨的一幕，铭记至今。人类与自然，与动物和谐相处，在屋檐下筑巢的小燕子，算是最好的例证吧。

在大漠草堂外面，晚上会看到无数蛙。这种蛙个儿只有初生婴儿拳头大小，四肢小巧，想翻越一个砖头高的坎儿，也要努力再努力，失败再失败，经过三五次甚至六七次以后，才会成功。我喜欢这种不懈努力的小家伙。

内蒙古怎么能没有牛羊呢？无论你乘火车或者自驾游，总能看到辽阔的草原上有成群的牛羊。这并不稀奇。但是，进入库布其沙漠，再看到成群的牛羊，就不能不激动了。这里从前是荒漠，如今日渐水草丰美，因为有了绿洲，才会重新看到成群的牛羊。

在去沙漠无人区的路上，我们不止一次看到牛和羊。它们在辽阔的沙草地上自由觅食。一只黑牛横穿公路，当它远远看到我们的车辆时停下来，瞪着两只硕大牛眼，似乎想打招呼，或者对我们的闯入心怀不满，不躲不闪，不肯让路。司机不得不鸣喇叭，黑牛才不紧不慢地踱步重新回到草地上。

沙柳林密，野鸡健步丛中

水肥草美，吸引仙鹤翩翩而降

不能不提野兔。第一次到库布其沙漠无人区，我就看到了野兔。正在草地上前行，前方不远，突然窜起一样东西，带动草叶乱晃。待定神看清楚是一只野兔时，它已经在数十米之外了。我和明明、呼波试图围堵，它却早就逃远了。

这一次，我期望能再看到野兔。在无人区穿沙公路的尽头并没有如愿。驾车回返，明明、孙老师和桐桐徒步抵达木制观景台时，突然同时发出惊呼，他们看到了一只跃起的野兔。我举起相机捕捉，也只是在镜头中看到它那一闪即逝的影子。

但我的小小心愿却是满足了。不知这惊鸿一闪的野兔，是否是我们前一次所见的那只，或者是它的宗亲。

祝福野兔，让它们在这沙漠绿洲享受美好的生活吧。

一天晚上 9 点半，呼波喊我去看篝火晚会。从七星湖沙漠酒店返回沙漠草堂的路上，呼波突然减缓车速，悄声说：“看，那是什么？”

在穿沙公路中间，站着一只野生动物，不知所措地望着我们。也许它被这辆疾驰而来的铁家伙吓着了。呼波闪了一下车灯，小动物似乎惊醒了，

各种候鸟栖息在七星湖

闪身跑进草丛。

“如果是野兔，车辆突然出间，它就被吓傻了。所以，总有车撞死兔子的事发生。”呼波说。

我们见到的这只动物，身材瘦高，四肢修长，像是幼年小鹿，肯定不是野兔。

听说，天鹅在七星湖出现，一度吸引了很多摄影家前来拍摄……随着绿洲的出现，库布其沙漠的生物多样性得到了明显恢复，绝迹多年的狼、狐狸、天鹅、山鸡、野兔、仙鹤等野生动物重现其中，且数量不断增多。

一边是漫漫黄沙，近邻就是深蓝色的湖泊。黄沙无声，湖泊里则有天鹅、野鸭自由游弋。这些天鹅、野鸭一定对它们的近邻不陌生吧？不知它们有没有想过，去沙漠里踩一踩细细的沙？在柔软的沙子上打几个滚儿？

在库布其沙生动博物馆，看到许多沙漠动物标本。讲解员说：如果库布其沙漠有狼出现，就说明这里的生物圈形成了。因为狼处于食物链的顶层，当有充足的食物时它才会来，才会在这里生活下去。

人与动物的和谐，不应只停留在人类的口头上，而应落实在具体的行动中。

库布其的绿

我应该写一写库布其的绿，因为它是沙漠里的绿。在一望无际的黄沙中，有绿色就意味着有植物有动物，意味着人类可以生存。

在沙漠，绿色是生命的象征，绿色也意味着人类的希望。

库布其的绿，不是自然天生的，是亿利人用数十年时间，一点点栽种浇灌出来的。一滴汗水一粒沙，诗人如此形容亿利人。每一份绿的根部，都渗透着亿利人的血和汗。所以，库布其的绿与众不同，它除了具有大自然的诗情画意，更充满了人的坚韧、坚强和灵性。

走进库布其沙漠种质资源基地组培实验室，这里有美丽的女博士在培植植物胚芽。当它们在大棚内生根吐绿，长到一定程度之后会被移到户外，经历大自然的阳光风雨。如果还能够茁壮成长，就可以在库布其沙漠里大面积推广了。

走进沙漠农业节水示范区。这里有果蔬专家精心呵护的西红柿、西瓜、辣椒。摘一枚西红柿可以直接放进嘴里，酸酸甜甜，一下就让你回到几十年前乡下品尝到的老味道。切开一个熟透的大西瓜，薄皮沙瓤，咬一口那

库布其水草丰美

沙漠新绿

种香甜立即过咽穿喉，直抵心底，这才是西瓜最本真的味道。在库布其，你能品尝到多年不曾再尝过的果蔬的原汁原味。没有转基因，没有添加剂，没有化肥和农药。

走进沙生植物馆，尖锥型玻璃房内，我见到了来自世界各地的沙生植物。沙木蓼、沙打旺、砂珍棘豆、黑沙蒿、白沙蒿、沙地柏、沙地旋复花、木麻黄、卷柏、沙冬青、骆驼刺、霸王、锁阳、砂蓝刺头、葡根骆驼蓬、沙蓬、沙米、地肤、绵刺、四合木、半日花、岩黄芪属、鹰爪柴、锦鸡儿属、猪毛菜属……植物馆的馆员告诉我，他们的科技人员正在努力研究试尝，这里面的沙生植物可能很快就会出现在库布其。

在库布其沙漠种质资源基地，在沙漠节水农业示范区，在沙生植物馆，你看到的都是满眼的绿，淡绿，深绿，墨绿……然而，这远不是库布其绿色的全部。如果你驾车行驶在库布其黄河的南岸，那么，你一定能看到亿利人种植的 240 多公里防沙护河锁边林。这林立的绿色屏障不仅能有效遏制荒漠肆无忌惮的蔓延，每年还能减少近亿吨的泥沙进入黄河。

如果你有勇气深入沙漠，一定会看到沙漠绿洲。成片的沙柳、羊柴、甘草、沙枣……你应该好好看看那些网格状的林带，它最能证明这里曾经的荒漠，曾经的人类为了绿化沙漠而付出的辛劳。不知有多少人把一根根枯枝深深插进荒沙，编织成漫延数公里、数十公里的网格，再播种草粒或植物，以期固住不安的流沙，然后才有现在的绿野茫茫。但那些网格依旧存在，就像写在沙上的无数诗行，吟哦着曾经在此劳作过的人们。

如果你来到七星湖，这里简直是绿色的天堂。随着降水量的增加和整体生态环境的修复，沙冬青、梭梭、胡杨等植物回到了库布其沙漠，丰富了这里沙漠生物的多样性。库布其沙漠中的湖泊生态环境更是得到了明显改善，你可以看到，绿色守护着生命之源，碧湖蓝天，生机盎然。那优雅的意境，沁人心扉。

如果你有幸坐在飞机上，那么你一定要俯瞰库布其的绿。沙杨的绿，是一簇簇的绿；胡扬的绿，是高高大大的绿；甘草的绿，是矮矮浅浅的绿……这些绿，绿得沉实，绿得贴心，绿得温馨，绿得暖暖洋洋的。你可以鸟瞰颇具异域风格的七星湖沙漠酒店，一沙两湖的美景。你可以看到纵横沙漠的穿沙公路，它们是沙漠的血脉；绿色的草地，绿色的高低起伏的各种沙漠树种，它们是沙漠的盛装；几百万亩厘米级厚的黑色土壤上，改良出大规模的沙漠土地，辛勤的库布其人正在那里耕种着希望。

数十年来，亿利人靠智慧的双手，改善了家乡的生态环境，把沙尘挡在塞外，把缕缕清风送给了北京。中国梦从北京起航，在库布其落地成了绿色梦。

绿色梦，在库布其，在亿利，正一天天变为现实。如果你热爱生命，热爱溢满正能量的绿色，那么就来库布其吧，你不会失望。

库布其日记

7 月 7 日 农历六月十一 小暑 星期一 晴

K573 次列车，晚上 8: 50 从北京西站开往包头。我即将远赴千里之外，去眼见一个活生生的现实——绿化梦。朋友说，去库布其，你一定会感到震撼的。我曾做过十年记者，祖国大江南北走遍，称不上见多识广，但能让我震撼的东西，已经不多了。

7 月 9 日 农历六月十三 星期三 晴

独贵的早晨有些凉，车辆极少，我惊诧于这里竟然还有出租车。

走十几分钟，到了沙漠边缘。平生第一次如此走近沙漠，忍不住要进去看看。越过几个沙丘，站在高处，便看到无边无际的沙漠。我被眼前的沙漠震撼了。

唐老汉上世纪七十年代来到这里，算是一个资深“北漂”。他的老家在山东，有一个闺女，农村人希望有儿子传宗接代，于是拖家带口跑出来。做建筑工，也打小零工，哪家砌灶台会请他。那时候劳动力不值钱，二三角工钱，他不要了，人家就好酒好饭招待。这里的人大方，羊肉供着吃。后来终于生了个儿子，就此扎了根。此处地广人稀，他慢慢由外地人，变成本地人。

说起库布其沙漠，唐老汉跺了跺脚下的地说，原来这里全都是沙。

7 月 10 日 农历六月十四 星期四 晴

蒋有则是鄂尔多斯市杭锦旗林业局副局长。吴满平告诉我，他是独贵一带林业系统比较有名的人。

如果在大路上邂逅，你不会想到他是一位局长，倒更像一个常常蹲守田间地头、皮肤黝黑的技术工人。肚腹略有突起，但看上去仍然强健，这与他长期在野外奔波不无关系。只有对上话，你才会发现，他身上的某些官员特质。比如说话声音不大，四平八稳，不紧不慢，有条有理，自信满满。官员似乎总要保持威严，但他没有。普通员工可以不敲门进他办公室，而且不顾有否客人在座，直呼他“种树疯子”。他听见也只装没听见，仍旧给你倒水说话，似乎是听惯不怪了。

要想让老蒋打开话匣，就聊沙漠种植！继续深聊，你会有新发现，他还编辑出版图书，当然不是时下流行的官场小说，而是库布其植物图录，密密麻麻的字，有配图有详解，非常专业。外行人翻看不到几页，就会觉得头大，只能看其中的植物图，个中文字就深奥了。

到此并没结束，他又不紧不慢地从抽屉里拿出一摞纸，说是自己写的诗歌。我接过来看，不由肃然起敬。那十几张、数百行的诗，竟全是将有关种树治沙的经验，用文学的手段表达出来。

见过蒋有则三次，三次都是和种子、树苗有关。第一次，在蒋办公室，靠窗的墙根堆着一堆枯枝败叶。细看那枯枝上，却结着满满的果实。打开，里面全是种子。第二次，汪吉拉拿着两袋种子来找他。他伸手在袋子里摸了摸，又仔细看了看说："这种子行，没问题。"第三次，在亿利基地办公楼前，韩美飞手中也拎着一袋种子，让他给看一看。

7 月 11 日 农历六月十五 星期五 晴转阴雨

车行不久，驶上了第一条穿沙公路。这是一条富有传奇色彩的沙漠公路，我看多了它和它的主人公的故事。如今第一次走在上面，还是有一种与众不同的感觉。时光仿佛回到 20 多年前，一群扛着铁锹、拉着架子车的人，史无前例地要在茫无边际的荒漠开出一条路。

王文彪在这里锹出的第一锨沙，不但改变了老盐厂的景况，还影响了后来整个库布其的发展进程。

来库布其第 4 天，与库布其的雨擦肩数次，每次都很匆匆。比如在无人区，忽然落下稀疏的雨来，细密的沙子上洇出一点一点暗湿，仔细看，会有一点一点的微型沙坑。没等你抬头寻找雨的源头——是哪一朵云，没等你来得及欣赏，大漠细雨已经过去了，只留下丝丝清凉。

今天着实淋了一场雨。硕大的雨点噼里叭啦砸在车窗上。焦师傅不得不打开雨刷，否则，眨眼间车窗就是一片模糊。想打开窗体验一下沙漠大雨，呼的一阵风裹挟着雨滴肆无忌惮闯进来。如果站到车外，不出半分钟，就会被淋成一只落汤鸡。身边的大漠朋友们对这场大雨没有丝毫惊奇，看来，这雨在库布其并不稀罕。

20 分钟后，雨骤停。风静云止，天高地阔。摇下车窗，呼吸清新的空气。一望无垠的绿，一直铺向天际。

8 月 22 日 农历七月二七 星期五 晴

上午，去沙漠种植验收现场。老麦和杭锦旗林业局下属治沙站的白站长正在验收春天刚栽下的梭梭，同行的还有从北京亿利总部赶来的监督员。

驱车于库布其，偶尔从头顶飘过一朵云，便有零星的雨滴洒下来。稍不留神，那些云朵酝酿成满天乌云，瓢泼而至，稍顷而去。明明解释说，离此最近有两个气象站，相距一百多公里，却无法准确预报七星湖区域的天气。因为这里丰富的植被，形成了一个小的生态区，具有相对独立的沙漠绿洲小气候效应了。

8月23日 农历七月二八 星期六 雨

晚上，参加七星湖篝火晚会，七星湖沙漠酒店艺术团的演员表演很精彩，男演员粗犷豪放，女演员娇柔委婉。游客们围着篝火跳舞。一个中等身高、大腹便便的中年男人，忘我地跟着流行音乐起舞。《你是我的小苹果》是筷子兄弟近期发行的歌，与他们此前的苦情不同，这次走的是轻松搞笑路线，没想到火到全中国，甚至有向世界漫延趋势。

今晚，满天繁星，印象中第一次看到清晰的银河，真像太空中一条宽阔的河流。生活在大都市的人们，哪里会有这样的眼福呢！

9月19日 农历八月二六 星期五 晴

很早就想从空中俯瞰库布其沙漠，这次如愿了。

大约9：30，飞机广播通知，还有20分钟降落巴彦淖尔机场。透过机窗，突然看到了“几”字形黄河的右上角。阳光下白亮亮、宽阔的黄河，在大地上写下一个飘逸的“几”字，那气势、那神韵，非亲见而不能体会。要想成为一名真正的书法家，真应该专门乘飞机从半空俯视一次黄河在中国北疆写下的这个“几”。

飞机自东向西飞行，接下来正好穿越库布其沙漠。已经多次乘车穿越沙漠，但这次乘飞机的感觉却不同，真正理解了什么叫辽阔与浩瀚。这里看到的不是突兀的沙丘、沙山，而是如平静的太平洋一般的海面，那原本起伏的荒沙梁，变成了凝固的清晰的波纹。飞机在飞，沙漠在倒行，你忘掉了飞机的轰鸣，却似乎听到气势恢宏的沙漠乐章。

晚餐后，是星空下的大漠夜话，来自全国的百余位企业精英在七星湖沙漠酒店的草场上品酒论道。王文彪与汇源集团董事长朱新礼被邀到台上座谈。老友相聚，难免多喝几杯，话题就从酒事说起，王文彪讲到朱新礼

七星湖景色美如画

夫妇的一则往事：

去年王文彪与朱新礼相约在北京顺义郊区聚会，各自带了一支本单位的文娱演出队伍。你方唱罢我登场，竟相较技煞是热闹。当晚两人都喝多了酒，坐在台下观看。其中有跳新疆舞的一段节目，朱新礼看到台上为首的女子舞姿优美，便对王文彪说："那女子跳得甚好。"一曲结束，两人端着酒杯上台祝贺，朱新礼走到中央那位女子面前，却猛然发现，舞者竟是自己的夫人。

在传统文化影响下的中国，台下的政界、商界名人，总是比台上的他们更显得可爱一些。人人皆凡人，这些日常小事反倒更能拉近他们与读者的距离。虽是闲谈，却更人性。

9 月 20 日 农历八月二七 星期六 晴

生态文明企业家年会在七星湖畔举行，来自全国百余位企业精英和数十位媒体记者齐聚于此。此次生态文明企业家年会的发起人王文彪做开幕式演讲：

“……最近刚上任的联合国 UNCCD 秘书长巴布女士在看了库布其后讲了三句话让我非常感动。她说，全球难以找到库布其这样的奇迹，希望库布其沙漠带给世界更多的和平，因为哪有沙漠哪里就不和平。希望非洲、蒙古等沙漠国家的领导人能够到中国库布其取经。”

“老百姓对生态环境的期盼其实很简单，就是能够晒上太阳、看到月亮、听见蛙声、闻到草香，吃到像库布其沙漠里的瓜果、牛羊，这就是最简单的幸福生活。但这个本来并不算高的期望，在今天却难以保障。究其根源，就是由于多年来高歌猛进、大干快上地发展，生态环境付出了沉重的代价，造成了今天严重的‘空气污染、水污染、土壤污染和土地荒漠化’。”

“今天，中国有几十亿亩荒漠化的土地要修复，有几亿亩污染了的土地要修复，几万条河流要修复，偌大的空气要修复，这些修复工程可能需要几年或几十年的努力，需要几万亿或几十万亿的投入。对此我认为，继互联网产业之后的中国经济新浪潮应该是‘生态环境经济’，也包括生态健康经济。因此，生态环境经济既是我们民营企业的重大使命、责任和担当，也是我们下一轮发展的重要机遇。”

“我们既想做好生意，也想做好生态。挣一份绿色、生态、体面、长远的钱。”

无论台上台下，王文彪总是给人厚道、可靠的印象，他的讲话也深入浅出、朴实无华。你似乎可以看到一个人站在你的面前，掏心掏肺地让你看他的满腔真心与诚意。

9 月 21 日 农历八月二八 星期天 晴

前天，自巴彦淖尔机场到七星湖的大巴车上，见到一位气质女士，眉眼谈吐皆不俗。暗想，女企业家中能出这么一位，也很难得。昨天下午，在库布其国际沙漠论坛会议中心，又遇到该女士。始知伊原来是著名画家

库布其大漠银河

傅益瑶。傅女士是画坛巨匠傅抱石之女，其画受到郭沫若、吴作人等先生的称赞，有“山水逼似乃翁”之誉。

莫言也曾来此植树。库布其沙漠不但吸引了中外企业家们频频光顾，畅谈合作与发展，同样也吸引了不少中外艺术家、作家前来写生、采风。库布其正日渐为世界所闻知。

返京的飞机上，听几个记者交流，说亿利的工作人员这几天都没有好好休息，甚至没睡过一个囫囵觉。有记者讲王文彪、卢志强、朱新礼、南存辉等人精力之充沛，令人惊诧。刚刚参加了座谈会，又精神奕奕在镜头前接受记者的热烈采访。“周五那天晚上，王文彪、朱新礼都喝了不少酒，到夜里十一二点，王文彪又召集亿利员工开会，安排第二天的工作……”

没有人能随随便便成功。没有付出，哪有回报。亿利能走到今天，与其勤奋踏实的作风分不开。

古有大禹治水，今有王文彪治沙。难怪我身边的记者说：库布其沙漠，已经成为中国递给世界的一张生态名片。

后记

最有梦想与希望的时代

王文彪

有梦想才有希望，有梦想才有自信，有梦想才有坚持。

在我很小的时候，闻到邻居家炖鸡肉，馋得迈不开腿，那时候我的梦想和希望就是能痛痛快快吃上一顿肉；1988 年，29 岁的我去库布其沙漠深处的盐厂上任，我的梦想是让父亲母亲、让我们盐厂的员工，任何时候想吃肉就能吃上肉；盐厂的产品堆积如山，无法及时运出，我的梦想是在沙漠中修一条穿沙公路，同时也让沙漠里的农牧民能够轻松地走出去。

最初，我们在盐厂四周植树种草，沿穿沙公路种甘草搞绿化，我的梦想是阻止沙漠对盐厂和公路的侵蚀；后来，建设 242 公里黄河锁边林，飞播种草，我的梦想是阻挡沙漠漫延的脚步，改变沙进人退的局面……如今，习近平主席提出："宁可不要金山银山，也要建设一个绿水青山的美好家园。"这时候，我的梦想是改善生态环境，绿化沙漠，美丽中国。

这是一个最适宜播种梦想、实现梦想的伟大时代。

一个没有信仰的民族，前行的脚步不会坚定有力；一个没有梦想的国度，不会充满自信地走向未来。在中国的历史长河里，从来没有如此清晰地描绘出一个共同的期望，高屋建瓴的"中国梦"思想，史无前例地把 14 亿中国人紧密地团结在一起。

与其在别处仰望，不如在这里并肩。聚沙成塔，积腋成裘。国家兴亡，匹夫有责。每一个人都是实现"中国梦"的一分子，无数小我的梦，汇聚成强大的中国梦，唤醒华夏每一寸沉睡的土地，响彻世界的东方。中国人从来没有像今天这样，在世界面前挺直腰杆，扬眉吐气。

回顾26年来和亿利走过的道路，看着日益丰沛的库布其沙漠绿洲，我要感谢我的祖国，感谢我们的党和人民。在我实现梦想的道路上，如果没有党和政府的支持，没有勤劳善良的父老乡亲的鼎力相助，我肯定不会走得太远，更不会理直气壮地站在世界的舞台上，讲述亿利治沙的故事，向全球沙漠地区推荐库布其治沙模式。

当习近平主席提出“中国梦”时，中国就不容置疑地迎来了一个崭新的时代。我庆幸自己生活在这个伟大的时代。

安得广厦千万间，大庇天下寒士俱欢颜。让每一个人都能得到医疗保障，让每一个孩子都能获得更好的基础教育，建立一个富强民主文明和谐的东方强国……中华民族是一个多灾多难的民族，古老神州也曾铁蹄横行，硝烟弥漫。我们前行的路上，仍会有风雨坎坷、困顿磨砺，梦想或许还很遥远，但这一切并不妨碍我们的坚持与努力。

梦想照亮人生，一个人有了梦想，生活才有激情和动力；一个企业有了梦想，前进才会有方向和目标；一个国家有了梦想，国运才会亨通昌隆，民族才会充满希望。

牢骚太盛防肠断，风物长宜放眼量。绿我涓滴，会它千顷澄碧。这是一个最有梦想与希望的时代，脚踏实地，放飞梦想，我们一定有能力让蓝天白云常相伴，看绿水青山万万年。

美丽的大道图湖

图书在版编目（CIP）数据

库布其 : 沙梦 / 亦农著. -- 北京 : 五洲传播出版社, 2023.3

ISBN 978-7-5085-5018-3

Ⅰ. ①库… Ⅱ. ①亦… Ⅲ. ①纪实文学－中国－当代 Ⅳ. ①I25

中国国家版本馆CIP数据核字(2023)第000620号

纪实中国

主　编：任启发
策　划：荆孝敏　杜丙照

绿色中国梦

主　编：付　平
策　划：荆孝敏

库布其：沙梦

作　　者：亦　农
责任编辑：黄金敏
设计总监：闫志杰
装帧设计：徐　驰
设计公司：北京正视文化艺术有限责任公司
出版发行：五洲传播出版社
地　　址：北京市海淀区北三环中路 31 号生产力大楼 B 座 6 层
邮　　编：100088
发行电话：010-82005927　010-82007837
网　　址：http://www.cicc.org.cn　http://www.thatsbooks.com
印　　刷：北京市房山腾龙印刷厂
版　　次：2023 年 3 月第 1 版第 1 次印刷
开　　本：710 × 1000 mm　1/16
印　　张：12.75
图 片 数：100张
字　　数：120 千字
定　　价：92.00 元